看那灰色的马

[日] 五木宽之 著

谭晶华 译

人民文学出版社

著作权合同登记号　图字　01-2017-2973

AOZAMETA UMA WO MIYO by ITSUKI Hiroyuki
Copyright © 1967 by ITSUKI Hiroyuki
All rights reserved.
Original Japanese edition published by Bungeishunju Ltd.,1967.
Chinese (in simplified character only) translation rights in PRC reserved by People's Literature Publishing House under the license granted by ITSUKI Hiroyuki, Japan arranged with Bungeishunju Ltd., Japan through Kodansha Beijing Culture LTD.
Cover Illustration：UNO Akira

图书在版编目(CIP)数据

看那灰色的马/(日)五木宽之著;谭晶华译.—北京:人民文学出版社,2017
ISBN 978-7-02-012808-2

Ⅰ.①看… Ⅱ.①五…②谭… Ⅲ.①短篇小说—小说集—日本—现代 Ⅳ.①I313.45

中国版本图书馆 CIP 数据核字(2017)第 101402 号

责任编辑　于　壮
装帧设计　马诗音
责任印制　王景林

出版发行　人民文学出版社
社　　址　北京市朝内大街 166 号
邮政编码　100705
网　　址　http://www.rw-cn.com

印　　刷　北京市松源印刷有限公司
经　　销　全国新华书店等

字　　数　150 千字
开　　本　850 毫米×1168 毫米　1/32
印　　张　7.375 插页 2
印　　数　1—8000
版　　次　2017 年 10 月北京第 1 版
印　　次　2017 年 10 月第 1 次印刷

书　　号　978-7-02-012808-2
定　　价　32.00 元

如有印装质量问题,请与本社图书销售中心调换。电话:010-65233595

目 录

看那匹苍白的马(代序) ………………… 张承志 1
题解 ……………………………………………… 1

看那灰色的马 ……………………………………… 1
红场的女人 ……………………………………… 69
在巴尔干的星辰下 ……………………………… 87
黑夜的斧子 ……………………………………… 111
天使墓地 ………………………………………… 159

看那匹苍白的马[①](代序)

张承志

上世纪八十年代,人人读书,对外国文学开卷有益。在一个短暂的时期里,我也时而读些翻译小说,意在呼吸些舶来的新鲜空气。读过什么忘得光光,唯独记得在上海一个翻译杂志上读过的一个故事,准确说是一个印象,被我下意识地记忆了二十年。

细节早已漫漶不清。但其中描写了一个国际势力组织各种人才,分工合作,拼凑出一部世纪文学名著的故事——使我不能忘怀。长久以来,它给我以持续的刺激,使我牢牢记住它的那个离奇的思路和不祥的形象。尤其题目,那书题如一个镂刻的浮雕,如一帧黑白悖反的胶片,令我长久地忆起。题目大约译为《瞧那匹灰色的马》,作者是日本作家五木宽之[②]。

[①] 本文发表于《读书》杂志2014年第3期,引文见日本文艺春秋社二〇〇六年十二月新装版《蒼ざめた馬を見よ》,均由作者自行翻译,故人名等与本书正文略有不同。——编者注

[②] 作者当时阅读的应为《译林》杂志1980年第1期刊登的《看那灰色的马》,译者为谭晶华,即为本书译者。——编者注

——就这么,在保留了对它的二十年印象之后,我趁一次去日本的机会,把它重新买到了手。

(一)

先是小说的题目需要吟味。

日文的书题是《蒼ざめた馬を見よ》,确实可以译为"瞧那匹灰色的马、看那匹斑白的马哟"。只是,有一个颜色的问题不易说明。

也许日语暗暗继承了阿尔泰语游牧民族对牲畜色彩表达的基因?这个"蒼ざめた"带来的古怪感觉,用汉语说它不清。倒是蒙语中有贴切的对应。"撒了"(saral)在蒙语中是最常用的描述白马的颜色,但那只是一种不纯的白,编字典的蒙古人居然用"污白色"来表达。"薄了"(būrul)则更文学化,它用在马以外的描写时大都是褒美的。它的含义并不是白,却常用于白,比如翻译"白毛女"一词用的就是它(būrul huhen)。我想强调的是:这一类马往往不是民间文学赞美的对象;因为一匹不太干净、斑驳杂白的马一掠而过,给人的视野和心里留下的——是不悦的感觉。

所以拿蒙语的色彩感觉来理解这个书题,就多少有了一点必要。因为拥有类近(甚至更强烈)的语言心理,特别对这一篇乃是读解的条件。在这篇小说中,为着要强调一种禁忌和不祥,语言的色彩含义被加强和深化:一匹掠过视野的马,它带着惨白、浅灰、斑驳、污浊的白颜色——于是紧张的感觉被大大夸张,而且宗教化了。

一个意象就这样建立起来。那是一匹古怪的、颜色非青非白的马,倏忽掠过了视野。

它是谁?它是什么?

谁都这么问。就连我,只是因为给人讲这个读来的故事,不知被朋友们问了多少遍。

但我想,若想找到答案,恐怕要耗尽探索者的人生。小说并没有提供清晰的解答。它只是把一个灰白怪马的意象塞入读者的视野,并让他们从此心绪不宁。就像小说中写的,这些读者也似乎——看见了不该看见的东西。

(二)

叙述这个梗概会嫌太长。但梗概一交代完,该写的也就差不多都写了。

梗概大体如下:

某大报的年轻记者鹰野,一天被上司(报纸的社论负责人)叫去谈话。上司并不开门见山,只是饶有兴趣地问及鹰野参与工会活动的事,尤其对鹰野主张的"绝对的言论自由"再三确认。之后,上司拿出一个大信封,让鹰野自己读里面的内容。

这是一封长信,是一个身患绝症即将辞世的日本老学者的临终遗言。

信中讲到,他曾在苏联索契黑海边的度假地,偶尔遇到了他一直倾心研究的苏联文学大师米哈伊诺维奇。他冒昧上前问候,但却遭到拒绝,大师不承认自己是米氏。

日本老学者无奈默默离开,但苏联老作家却又找上门来。他把一个篮子托付给日本人,里面是他的生命之作。他说此书已无望在苏联出版,因此请求日本知音能伸手相助,把作品拿到西方世界出版。

老学者彻夜读完了篮子中的手稿。沉吟良久,最终这位日本的俄罗斯文学研究专家不敢涉险政治,婉言回拒了老作家。

时光飞逝,老学者一直因自己对终生热爱的俄罗斯文学的背叛而痛苦不堪,此刻行将就木,他把此事托付给自己的终生密友即报社负责人,希望他能完成自己的遗愿,救出那部世纪之作。

主张绝对言论自由的鹰野,乃是被选中的赴苏联取手稿的人选。他在大学时期就是俄罗斯文学专业的学生,而且对大师米氏尤为喜爱。一诺既下,他从报社退职,只身飞往苏联。

到达后他两次登门造访,均吃闭门羹。米氏不仅不承认自己有什么大部头手稿,更宣布不认识什么日本老学者。

鹰野在闷闷不乐中,一个犹太女孩奥列伽靠近了他。一夜情后,得知女孩恰是大师米氏的家庭秘书!鹰野虽觉蹊跷,仍不管那么多,径自要求女孩帮助他见到大师。于是,一个深夜,女孩领他到了曾吃闭门羹的公寓门前。

女孩开锁入门,两人摸入漆黑走廊。似乎听见隔壁响动。

但一进客厅,童颜银髯的大师米氏正端坐等待。俄国老作家谈起了索契海边与日本老学者的往事,又为对鹰野的拒绝道歉,接着取出一个篮子,里面正是那部手稿。

鹰野回到宾馆,连夜把书稿拍成了胶片。接着又托使用外交护照的日本人,把书稿带出了苏联。

那以后,一部奇书在全球轰动。

此书先在日本匿名出版,题为《看那匹苍白的马》①。附言说,手稿是一个有良心的日本新闻工作者带出苏联的。仅迟于日本一周,英译本问世。瑞典著名大社出版的这部长篇小说,在欧美读书界引起了巨大反响。

事情的发展如雪球飞滚。《纽约时报》评论说:"这是一个自己把俄罗斯选为祖国的、三代犹太系俄罗斯公民的故事……如果这部作品应该获奖的话,那么究竟该把奖授予谁呢?我们期待着苏联文化界能进步到——使如此名著之作者能公开自己的姓名和地点。"

德国杂志则推理般地猜测作者是谁,分析他与普鲁斯特、卡夫卡等犹太作家的精神和血缘谱系。巴西杂志则更带拉丁式的浪漫,根据独家的消息大谈"勇敢的日本记者放弃一切金钱要求、拒绝美国出版社高价购买书稿的经过——这一武士式行动"。

紧随英译本,德、法、意等共九国语言译本逐一问世。好莱坞大腕制片人M.詹姆斯宣言要把它搬上银幕。"《看那匹

---

① 关于马的颜色,请参照本文后的《题解》。——编者注

苍白的马》的问世,令人惊叹地、巧妙地波及着电视与广播。它宛如把全世界的媒体都作为对象,在进行它的宣传活动。如此有组织地、强力和急速地,作品的话题扩展到了全世界。"

三个月后,又一个消息震动世界:著名的苏联老作家 A. 米哈伊诺维奇突然遭到逮捕。罪名是在海外匿名出版反苏小说《看那匹苍白的马》,非法获取巨额美元。

媒体再次亢奋,米氏照片登载于全球各大报。不仅媒体,连亲苏的文化团体也大声抗议,呼吁言论的自由。国际的签名声援已经开始,甚至各国共产党的机关报也纷纷声明,谴责对米氏的逮捕。左派团体因对米氏评价的不同,发生了混乱与分裂。紧接着,苏联公布了在米氏公寓里发现的书稿打印件、打字机、大批美元、瑞典出版社的支付证明、约稿信等物证。而米氏本人则表示对一切毫无所知,尤其不承认此书是他的作品。

苏联开始了审判程序,公审日正在临近。西方则口诛笔伐大行抗议,伦敦《泰晤士报》发表的关于立即释放作家的请愿书上,四十九名欧美各国一线作家的大名赫然联署。在公审开始之前,苏联已经陷入彻底的孤立。

(三)

话分两头。

鹰野在去年那场现代版的武士行动之后,莫名地陷入了一种孤独。他被安排到一家广播公司担任闲职,每天干些可有可无的杂务。他变得沉默寡言,早从工会活动抽身,并开始考虑结婚过日子。

在他弄到手的这部书稿被翻译出版的过程中,他体味到一种微微的不快。他自学生时代就由衷喜爱的米氏,应该是一位"与煽情主义处于对立之另一极"的作家。而《看那匹苍白的马》"搭乘着庸俗的商业宣传,一路成为快卖榜首,给他带来一种生理的厌恶感觉"。

他回忆年轻时的初读。那时令他感动的原因是"作品有坚实的结构,又被绵密的细节所支撑,怎么看都有那种俄罗斯文学的庄重安定感。而且一些情节,早已是超越描写的、在深处闪烁般的真实"。

但是此刻读着,却觉察出一种微妙的相违。在这部长篇里,没有他熟悉的那种贯穿于米氏文学中的东西。米氏作品中,随处永远都藏着一种使作品不再安定的、黑暗裂缝般的虚无感。因此小说失去安稳,给人动荡的感觉。这正是鹰野被米氏文学吸引的原因。也许可以说,那是"过早看够了不应该看到的世界的人的干渴的虚无主义"?

"但在《看那匹苍白的马》里,却没有它。有的只是剥露的愤怒,只是对犹太系国民的悲惨命运的、活活的抗议。虽然也能使人感到超越种族响彻人心的痛切,但那与昔日给他以撕咬般刺激的米氏,总之并不一样。或许,他甚至想,这个作家本质上只是一名短篇作家?也未可知。"

在米氏被捕的媒体喧嚣中,鹰野最不能理解的,是米氏居然拒绝承认自己是作者。这怎么也不像米氏。但是苏联方面接续公开的物证,尤其是西方出版社的支付证明和美元现金等物证,使鹰野如陷云雾,困惑不已。

而小说的戏剧性,才刚刚开头。

一天,有一个叫丹尼尔的外国人来访。他开门见山,说因俄国作家米氏的问题,想请鹰野去见一个人。鹰野摆出生硬的拒绝姿态。丹尼尔说:那么你将一生都不明白自己干的事。于是鹰野坐入了他的车,径直开到了横滨。登楼进入一间密室,里面坐着一个人——

居然是米哈伊诺维奇!

鹰野目瞪口呆,丹尼尔娓娓道来。原来,在列宁格勒拒绝了鹰野的米哈伊诺维奇,乃是真的米氏本人。他拒绝,是因为他根本没有写过什么世纪奇书,也不认识什么日本老学者。而后来鹰野和奥列伽穿过黑暗走廊在客厅里会见的米哈伊诺维奇,却是一个深夜出演的波兰难民。他在一个"巨大的组织"的指挥下,先在美国某医学院的研究所里接受了整形手术,把相貌变得酷似米氏;然后又在一个著名排演场,在世界闻名的好莱坞名导 R 的辅导下,学会了所谓作家的行为套路,并谙熟了米氏大师的举手投足——最后他坐在米氏的客厅里,等着日本武士的到来。

而真正的大师米氏及其夫人,那一刻却已被奥列伽一伙的蒙汗药放翻,正在隔壁房间里昏睡。所以穿过黑暗走廊时,鹰野曾觉察隔壁有动静。奥列伽则是一个"坚信自己的犹太双亲均死于苏维埃之手"的年轻女性。不用说,她从鹰野进入苏联时就盯上了他。

"说到底,这不过是从美第奇家族以来就一直反复进行的、所谓知的战争的一例而已。"丹尼尔继续解谜。哪怕苏联正出现柔软的迹象,西方国家想把"共产主义无自由"的标语,按月地钉进世界大脑的总方针不会变。于是,早与"巨大的组织"关系密切的报纸社论负责人提出了一个出色的发想:伪造一封日本老学者的临终遗书、虚构苏联文学大师米氏藏有一部世纪奇书而不得出版的故事并使用日本人启动预案。由日本人操刀,可以不负责任地达到效果。舆论大哗后,他们又利用预先放置在米氏家中的种种物证,把老作家推向风口浪尖。苏联老作家就这样因为一部自己全然不知的"自己的大作",被推上了专制的审判台。米氏骚动方兴未艾。即便就在今天早晨,丹尼尔说,一家杂志还在谴责专制,说"东方的内部就是如此"。

核心的情节是:

"那个组织秘密地召集了反苏作家小组。他们用美元买发言,收集了苏联的犹太人问题资料。然后以讨论的方式,让这一作家小组进行长篇小说的制作。他们对米哈伊诺维奇彻底地进行了文体、用语、比喻、会话的研究,当然也绝不能小觑大型电子计算机达到的效果。成为这一部伪作的基础的,乃是一个犹太系难民的无名作家所写的某一家族的历史。组织买下了它,委托专门的作家小组对之进行细部的打磨。之所以那部小说有一些情节很感人,乃是因为还残留着原作的真实。而使作品的结构与文体都扎实像样,也许就得说,那是专业小组集体加工的成绩了！……"

这个组织是CIA吗？谁都要这么问了。

小说答曰：

"这不是一国的情报机关，它是联合了世界自由主义阵营的、统一阵线式的国际组织。"

丹尼尔接着自称：他本人，就是采取与如此谋略相对抗的立场上的一个专家。后文中他又披露了自己也不是独行侠，也背靠着某个组织。他追踪一根根线索，几巡天涯海角，终于抓住了乔装大师的波兰人，并根据他的自供，弄清了这本世纪经典的全貌。

"无法相信！"鹰野大喊道。

"信与不信，随你的便。"

（四）

如此的作品，不能不使人重新把目光对准作者。

作者五木宽之接着写道："在鹰野的眼里，看见了一匹苍白的马。"

如果说五木宽之的《看那匹苍白的马》是一本隐语或谶语之书，那么，这匹不祥的马就是最主要的一个隐语。包括小说的书题，包括戏中戏里那部集体制作的"世纪经典"的书题——随叙事发展和语境变移，这个隐语曾几次使用，含义不断扩展。

五木宽之不露声色地表明了他对短篇小说的观点。

本质上因思想的含义以至于无须拉长篇幅的作品,就是短篇小说。当然,这一借对米氏的感悟写出的概念里,藏着五木对自己这部作品的自负。确实,如此的纸短角多、说清它要说得口干舌燥,其实文库本不过百页。按中国的小说划法,就在小中篇与长短篇之间。

苏联的黑幕专制,与揭露这一专制的国际黑幕;死亡与悲剧的记忆,与一种利用记忆的谋略。在圣经故事中,也有"死亡骑着一匹灰马"的意象。但是难道它就是那种"巧妙得堪称艺术的恶意",并且"以自由这一观念为钓饵,给世界设置了巨大的陷阱"么?

"过早看见了不该看见的东西",是小说反复点击的另一句隐语。

到底看见了什么?作者依然并不打算做出充分的说明,而是引出了另一句隐语:"今天烧哟,今天是烧的日子。"

小说在这里言及一个背景,它同时是小说主人公与作者五木宽之的背景。一九四五年日本战败,十二岁的主人公被收容于北朝鲜的收容所。每天都有人死,尸体被集中一处等着火葬。每逢到了规定的日子,看守就敲着梆子,边走边喊"今天烧哟",于是就把尸体拉出去烧。他目击过这一切,"过早看见了不该看见的东西"。

北朝鲜收容所烧尸体的经历,与纳粹集中营的"烧",更与西方宗教的"燔祭"遥相呼应。这一笔,夹在一个国际组织伪造营制的一本涉及犹太人历史的大部头构思里,使五木宽之这部短篇达到了相当的难度。

尤其那匹苍白的马。它时时掠过眼前,成了一个冥冥中居高威胁但又被视为禁忌的意象。随着情节的发展,作者多次使用过这个意象。所谓不该看见的东西,随语境的变幻各有晦涩的所指。

对于这个世界上的一部分知识分子而言——他们对西方文学艺术的先锋,先是在上世纪六十年代迷信之,接着在八十年代摹仿之,后来却逐渐不以为然而最终选择了与之分庭抗礼,并进而在一切文化与政治的领域以批判其为己任——当他们突然回头,发觉早在一九六六年五木宽之就发表了如此一部《看那匹苍白的马》,他们瞠目结舌,只觉不可思议。无法不承认:不仅在上世纪六十年代,哪怕在今天,这样的思想也是罕见的。

怎么可能呢?

五木宽之怎能拥有如此拔群甚至堪称预言的眼光?他真的能被称为短篇作家了,凭着这俯瞰着人的认知规律的作品。

幸亏集子中的其他作品,都是"正常的"也即平常的篇什。否则我们就真碰上预言家了。我还没有读过这位作家的背景或个人历史。从文库本扉页上的作者简介得知,《看那匹苍白的马》虽不是他的处女作,也是他早期的最初(动笔第二年)作品。再之前,他有日本战败后在北朝鲜囚禁九死一生的少年经历。他显然对俄罗斯有着独特的把握,而且并非只因出身于俄语专业。他对西班牙内战的观点几可称为"思想卷入",对共和派倾注了很深的感情。但是,单凭这些,还不能解释"那匹苍白的马"。

凭这一篇可以猜测，他可能是最重要的作家。当然由于这一篇的木秀于林，对它的个案研究应该是一件长期作业。我预感，揭破和究明他的精神履历与思想构成不会是一件简单的事，显然知识界对此远没有足够的基础准备。顺便再抄一个信息：五木宽之在上世纪七十年代初曾说："美苏冷战结束后，将出现未曾有过的反动的季节。"（新装版第317页，解说）

又是一个惊人准确的预言。

也说不定，他在起步之初得到过一种深刻的启蒙，或者一语点破的指点。总之现象就是这样，他用一匹苍白色的马，提醒世界正临近的危险。当然世界没有留意，甚至根本没有听见他的声音——这对于作者，或许未必一定是一桩坏事。倒是我对自己二十年一直记着他这件事饶有兴趣。找来原作读后发觉，当年怎么吃惊，今天就还是怎么吃惊。

究竟什么才是五木宽之投身文学时的思想焦点呢？换句话说，在他那时的视野里闪过的那匹不吉利的白马，究竟象征着什么呢？

不知道。如书题的呼唤，我们唯有注视而已。

我们只能追随着——作者潜意识中因阿尔泰语言基因的暗示、写出的那匹"蒼ざめた""saral"或者"būrul"色的联想，注视那匹追逐着我们的不祥的马，看看它最终要带来什么。

二〇一三年岁末，日本归后

题　解

读者诸君看过前面张承志先生的序言之后,应该对本书有了一定的了解,同时也会产生一个疑问:序言里称为"苍白的马",为什么书名又翻译为《看那灰色的马》呢?这里,需要进一步解释本书的译名。

本文的日文原名为《蒼ざめた馬を見よ》。"蒼ざめた馬"到底是什么颜色的马,需要我们考证。根据原文,"蒼ざめた馬"的直接来源是《圣经·启示录》,指的是天启四骑士中,第四位骑士所乘之马。

在中文通行的和合本《圣经》中,翻译为"灰色马"。此后,灰色马作为死亡的象征,逐渐成为了一种约定俗成的用法。如革命烈士徐玮曾作《灰色马》诗一首,其中有"灰色马儿门外叫,我的使命已尽了"一句,表示自己视死如归的决心。

所以,从尊重通译的角度,需要翻译成"灰色的马"。

但考证不能到此为止。如序言中所说,非常明显,"蒼ざめる"和"灰色"并不完全对应,而上溯到英文《圣经》,则更能发现问题:在ESV英文标准版《圣经》中,关于第四骑士是这样描写的:"And I looked, and behold, a pale horse! And its rider's name was Death, and Hades followed him."(启示录6:8)

仔细考究"pale"这个词的意思,就会发现和中文里的"灰色"并不大一样,实际翻译中,也有"灰色""白色""灰白色"等不同的译法。那么,和合本《圣经》为什么从众多颜色中挑了"灰色"呢?

此外,在《圣经》的诸多英文版本中,也有用"gray""green"来形容第四骑士之马;而中文其他译本中,也有使用"灰绿色"来翻译。

那么《圣经》中第四骑士所乘之马,究竟是什么颜色呢?这只能从《圣经》最古老的希腊文版本中寻找答案。笔者四处搜集资料,但想找中文语境下的《圣经》研究文献,何其难也!真是"上穷碧落下黄泉,两处茫茫皆不见"。所幸辗转周折之后,联系上了台湾的《启示录》研究名家罗伟老师。罗伟老师不吝赐教,从《圣经》最古老的希腊文文本入手,给出了详细的解释。这是笔者查到的最合理的解释,现将其解释摘录如下:

如果第一印的白马象征胜利(桂冠),第二印的红马代表流血动乱(大刀),而第三印的黑马所象征的是饥荒(天平),那么随着羔羊揭开第四印而出的"灰马",又代表着什么呢?(在希腊语中)"灰"(χλωρός)一词的原意是"绿",在许多经文中,是用来描述植物的颜色,或是以之作为植物的代名词(绿色的东西)。但是在当代的文献中,此一字眼也曾被用来描述病人的容貌,尸首的样子,以及人在惊恐状态中的脸色;因此在考量第四印的文脉之后,许多译本就以"灰绿""苍白"或是"惨白"等方式,来翻译这个语词。在中文里面,"死灰色"最能表达这个词语的含义,但为简化起见,多数中文译本都以"灰"来翻译这个语词。在此我们也不例外。①

这番解释让笔者茅塞顿开。我们形容人的脸色差,通常用"面色苍白""面如死灰"。张承志先生从生活经验出发,取其"苍白"之意;而作为死亡的意象,更适合取其"死灰"之意。因此我们这本书的书名,最后定为《看那灰色的马》。

希望以上文字能让读者诸君对本作品有更加深刻的理解。后面,还有更加惊心动魄的故事。

编者

2017年2月21日

---

① 摘录自罗伟:《启示录注疏》,上海:上海三联书店,2015年9月。

看那灰色的马

1

房间里只有三个人。他们是Q报社的社论主笔森村洋一郎、外讯部长花田和外讯部记者鹰野隆介。

Q报东京总社七楼的这个特别会客室像个豪华饭店的贵宾室。鹰野在Q报社干了将近十年,今天还是第一次踏进这个房门。他觉得自己的脚像是被米色的上等地毯吸进去似的。初夏强烈的阳光,透过擦得净亮的玻璃墙射洒在房间里,眼底下人声嘈杂的银座西街宛如另一个世界的天地。密封的房间,寂静无声,室温宜人,十分舒适。室内充满着从社论主笔的烟斗里冒出的烟味,墙上挂着梅原龙三郎的油画。盆栽橡胶树的鲜绿的叶子微微摇曳着。

"工会还是那样忙吗?"森村主笔面朝鹰野微笑地问道。他是个刚上年纪的高雅的绅士,乍一看,给人的印象好像是某个大学的教授,或是个出身于地方豪门而又长期旅居国外的美术评论家。实际上,不知在何时,鹰野曾听说他在美国从事过研究工作,并且得到过普林斯顿大学的博士学位。与他纤细柔和的仪表和女性般的举止不同,他执笔写的文章却是非常刚健的。

"哎,还可以,"鹰野含糊其词地应付道,"春季干部的定期改选时,我机关报部长之职已被罢免了,所以不像以前那样忙了。"

"嗯。"社论主笔取下衔在口里的烟斗,收敛起笑容,目光紧盯着鹰野,"那好,今天请你来,是有件特别的事想跟你商量,一件绝密的事。"

"绝密?"

鹰野回头看了看花田部长,他一直默默地仰视着天花板。这会儿,这位外讯部长正双手合抱在胸前,向上翘了翘那健壮的下颏,像是在说,你甭插话,好好听着吧!他体格魁伟,沉默寡言,毋宁说他是个运动部长更贴切些。今天,他对来报社上班的鹰野说了声:"你来一下!"就再也没吭声,把鹰野带进了这个房间。

"想商量的事情是——"主笔轻轻咳了一声,若无其事地说,"直说吧,我们想请你退出这个报社。"

鹰野抬起头来,一下子简直无法相信对方的话。主笔只当没看见,继续往下说。他的讲话方式似乎是在那女人般的语调里加进了几分强迫命令的语气。

"听说你机关报部长一职被免,是因为对如何处理一般会员的来稿问题与其他干部有分歧,是吗?"鹰野没有回答,主笔又继续说:"你当时提出了言论必须无条件自由的强硬主张,即使是工会的机关报,也不应该侵犯批评的自由。只要是认真严肃的意见,哪怕是批评领导机关的,也应予以登载。"

"嗯,可以说,是那样的。"

"如今你的见解是否有所改变?"主笔那褐色深沉的眼睛紧盯着鹰野。房间里陷入了短时间的沉默。

"……您的意思是要我改变它吗?"鹰野用讥讽的口吻说,"您被人们称为Q报的良心呀……"

"这不成为回答。你的态度到底是什么?"

"当然不变!"

"很好,"主笔满意地说,"言论和批评,必须永远是自由的,无论在什么体制下,无论在什么时代,均应如此。我是坚信这一点的。得知你也忠实于同一信念,我十分高兴。"

鹰野紧锁双眉,反问道:"刚才您不是要我退社吗?"

"是的。不过,那不是命令,而是希望,或者说是委托。所以我说的是同你商量。"

"您要我从报社辞职去干什么呢?"

"请你到列宁格勒去。"

"列宁格勒?去那儿干什么?"

"别着急嘛!"花田外讯部长用不耐烦的语调挡住了鹰野那惊奇的口吻,"要你退社并不是不管你了,等工作完成后,保证你去出版社或电视台工作。我们只是要你在一段时间里成为一个与Q报无关的人,懂吗?"

"不懂。"

"我给你说一下吧!"主笔坐在安乐椅上,伸手从一个印有公司名字的纸袋里取出一只厚厚的信封,"我们有话在先,要是你不愿意接受这项工作,就希望你把今天的事彻底忘掉,这是绝对必要的。否则你将难免会使一位世界著名的文学家遭遇到极其危险的命运。你能答应这个要求吗?"

"我不知道是件什么事,不过,对保密这一点不持异议。"

鹰野抬起头,点头表示同意,因为他从主笔严肃的神情上得知,那不是在说着玩。

主笔钢琴家般的纤细的手指从信封里抽出厚厚一叠信笺,递到鹰野跟前,然后压低嗓门耳语似的说:"这是一位享有盛名的俄国文学研究家给我的私信。他的名字暂不披露。不过可以说,在我国,他是我最尊敬的一位知识分子,也就是说,信里所写的一切是完全可以信赖的。你看看吧!"

主笔说完后,再次衔起烟嘴,舒心地坐到椅子上。外讯部长也拿出香烟点上了火。鹰野第一感觉是他们在演戏。可是,他渐渐感到,蕴藏在体内的一种讨厌的好奇心,如同潜匿在沼泽底里的怪鱼尾巴那样,开始蠕动起来。

鹰野在两人目光的注视下打开了信笺,读起字迹优美文章来。信是从第二页开始的,第一页没拿出来。读着读着,鹰野逐渐被信中的内容所吸引,好像自己正在笔直往下坠落似的。

"要不得,这要坏事的。"他心里嘀咕着。鹰野从少年时代起就养成了这种无法改变的恶习,就像是"阿喀琉斯的脚踵"①一样,成了鹰野身上一个致命的弱点。一旦突然被什么东西吸引的时候,就不分青红皂白,倾身栽入。参加工会活动

---

① 阿喀琉斯是希腊神话中的英雄,传说他身上除了脚踵之外,任何武器不能伤害他,后被敌人用箭射中脚踵而死。后人用"阿喀琉斯的脚踵"来形容一个人的致命弱点。

就是这样,明明知道自己是个爱好文学的青年,与那些搞政治的人是两股道上的车,却在一时的冲动之下,一头栽进政治运动中去了。眼下,打刚才读这封信时起,一种关系自己命运的沉重的不祥之兆,已袭击了他的心头。

"我将被卷到一桩麻烦的工作中去,一定是的……"

鹰野感到主笔和外讯部长的锐利的目光刺得他皮肤发疼,他正在一步步落入一个无法摆脱的圈套。信里充斥着危险的气味,诱发着新闻记者本能的欲望。

下面是致森村洋一郎的私信,从第二页起:

……也有这种可能。进入正题前有必要说明,这既不是对兄长的委托,也不是××(字迹不清)。请你把这封信当成一个将介绍外国文学作为自己毕生事业的老翻译家的个人忏悔来读。如前所述,小生的余生尚能维持到今秋乃是幸运。我的友人,T大学医疗系主任坦率地告诉小生,罹患的是癌症。在所剩无几的余生里,我应将必须做的、力所能及的残务处置完毕。幸好我是个无妻无子的老书生,没有家庭的后顾之忧,也没有债务。小生在学术界被耻笑为狭隘的顽固者,但在工作上是颇可带上那么一点自负去赴死的。然而在小生的生涯中,唯有一个问心有愧的记忆。在我国,只有我一人知道此事。不,即使在他的国度里,真正了知其事的,恐怕除了他本人和妻子,亦无他人。小生偶然得知其事,可是惧怕其非同小可的背景,终究放弃了履行一个外国文学介绍者应尽的职责。如您所知,小生选择翻译介绍俄罗斯文学作为自己毕生的道路。人们都知道,俄罗斯文学是由作家们怀着火一般的热情,为自由和人民创造的色彩绚丽、值得自豪的精神财富。从普希金、涅克拉索夫、莱蒙托夫为首的十九世纪的文学巨匠,经过马雅可夫斯基和肖洛霍夫,到一大批现代苏联青年作家,如索尔仁尼琴、阿克肖诺夫等,他们身上始终贯穿的是对自由的渴望,对民众的热爱以及为了说真话即使被流放西伯利亚也在所不辞的激情。作为这种文学的翻译、介绍工作者,必须把这种精神奉为自己的楷模,将他们的呐喊变成自己的疾呼,此乃不言自明之理。小生在近五十年的文笔生涯中,从未忘却过这一志向,从未气馁动摇过。但那次唯一自感羞惭的记忆,犹如年久不愈的疮痂,紧紧黏附在我的心头。诚然,小生死后,这件事会在黑暗中被遗忘得一干二净。然而,小生愿将此事禀告平生尊敬的兄长,好把自己的证言留给下一代。承您的友情,才决计写下此信。

三年前,小生应邀访问了苏联,旅行了莫斯科、列宁格勒和高加索等地。当时正值北极的白夜之际,苏联国际旅行社的友好青年尽心地为我们服务,是一次令人十分难忘和留恋的旅行。或许是旅行社方面的原因,制定好的日程表中,空出半天时间未作安排。出乎意料,小生在索契城自由地度过了一晚。我请陪同的青年回去休息,独自沿着傍临黑海的美丽的索契城的大街散步。您知道,索契是苏联数一数二的休养地,鲜花遍地,阳光普照,到处都有黑眼睛的少女,是充满诗情画意的城市。人们告诉我,那精致讲究的白墙饭店,是为工人们建造的纪念奥尔忠尼启则的疗养院。傍晚的天空是琉璃色的,黑海的海风阵阵吹来,散步道上的妇女在漫步闲游,很像契诃夫小说《带小狗的女人》中的女主人公。对上了年岁的人来说,那是何等的令人心旷神怡、令人激动的傍晚啊!小生畅快地溜达了一阵,便在临海一座小山丘上的西餐馆坐下歇息。小生一边品尝着驰名世界的埃里温白兰地——它是亚美尼亚产的干邑白兰地酒中最芳香醇郁的,一边细细地回味着索契的旅情。一会儿,小生随意回过头去,一下子愣住了。我看到一位老朋友,不,那是错觉,小生其实是第一次遇见那位老人。他和一位老妇人一起坐在餐厅里。老人瞑目静坐,仿佛倾听着四周嘈杂的声响。灰色的长须,用凿子雕凿过似的高鼻梁,紧闭的意志坚强的嘴唇以及所有这些表情构成的一种孤高的风度,使我确认他一定是小生数十年前起就朝思暮想、尊崇备至的那位作家。我打定主意,站起来,离开座位尽力用自己掌握的俄语谦恭地询问他。此处不便写明他的姓名,暂且称他为 M 氏吧。小生向这位老绅士问道:"您是 M 先生吗?""不是。"回答是异常冷淡的。我再鼓起勇气与他搭话:"我是日本翻译工作者 K,多年来一直向日本读者介绍您的作品。哪怕撇开翻译这项工作,我依然爱读您的作品。我多次给您写过信,也收到过您的回信。这次到苏联来访问,最大的愿望是想能亲眼见见您。我曾多次向作家协会提出过要求,但他们说您因病正在疗养中,不能满足我的要求。在我的书斋里,您的像和十九世纪大作家的像放在一起,我想恐怕不至于搞错吧……"

但是老人再次摇着头否认了。老妇人搀扶着他,离开了座位,静静地钻进蔷薇的花廊、消失在薄暮之中。小生独饮着埃里温出产的白兰地陷入了沉思。兴许他真的不是 M 氏,是异国的旅情和芳醇的美酒使自己产生了错觉,或许是年老的感伤在作怪吧……已经过了八点,该回旅馆了,小生离开了西餐厅。就在我走下沿海的散步道时,一个可爱的声音在身后呼唤小生的名字。那是个十岁左右衣着粗陋的女孩。"您是 K 先生吗?"她歪着头问。我点点头。"跟我来吧!"她用大人的口吻说着,迈着小步子走在前头。小生莫名其妙地跟在她身后,问问她吧,她用小手指放在嘴边"嘘嘘"地加以制止。穿过散步道,离开了大街,爬起山坡路来。傍山的坡地上,别墅的灯火,星星点点。又走了一阵,少女环视了一下四周的动静,右手指着树林子里一所房子的灯光说:"请到那里去吧!"然后折身跑下了夜间的坡道。小生已是年过六旬的老人,倒不怎么惧怕社会上的恐怖行为,再说,这里是首屈一指风纪严整的社会主义国家。为了谨慎起见,小生只把美国运通公司的旅行支票藏到袜子里,然后向那间屋走去。正要敲门,门便无声地打开了,微笑着站在那儿的竟然是在西餐厅遇见的那位老人携带的老妇人。"欢迎您,K 先生,"妇女用漂亮的俄语小声说道,"刚才,我丈夫已经等得不耐烦了。"

果不出所料,那位老人就是 M 氏!您可任意想象那天晚上小生受到的款待是何等的热情,那最动人的一刻小生是如何度过的。M 氏对刚才在西餐馆的失礼表示歉意,并作了说明。"您是作家协会正式邀请访苏的外国人,因而您的一切行动都应该由官方安排。作家协会说我在生病,不能见您,那是官方的答复。如果我和您私下会见,说不定很容易被视为是对协会的侮辱。我正是担心这一点才佯装不知的。但是,我必须向您表示感谢,是您,几乎把我所有的作品都介绍给了日本的读者。我们都是老年人了,我这点程度的任性还是允许的吧。"M 氏述说,每年夏天,他都到索契来疗养。十年来,一篇作品也没发表。他已经不写小说了,现在正在孜孜不倦地翻译弗兰茨·卡夫卡的作品。夫人所敬的格鲁吉亚葡萄酒和高级鱼子酱,使小生乐得像青年人一样多嘴多舌起来。谈到近期的苏联文学,M 氏心神忧郁、神情严峻地问:"我想听听您内心的意见,您对革命后苏联文学是如何认为的?"沉默片刻后小生答道:"这只是我的一孔之见,十九世纪俄国文学中的一些东西,在近来的文学作品中似乎看不到了。""那些失去了的东西是什么呢?"M 氏又问。小生说:"我感到现在的苏联作家们,老是回避一些东西,没有把自己看到的、知道的、感觉到的一切东西都表现出来。"小生感到 M 氏灰色的眼睛为之一亮,他说,索尔仁尼琴不是描写了斯大林时代强制收容所的真实情况吗?"是嘛,"小生回答,"那篇有名的小说《伊万·杰尼索维奇的一天》的确怀有勇气描写出了某种真实。不过,我觉得他还是有所顾忌。""那么肖洛霍夫又如何?"

"肖洛霍夫是位伟大的现实主义者,"小生接着说,"不过,我觉得连他身上也有着回避谈论自己了解的情况的某种因素。"

M 氏双手合抱胸前,闭着眼睛,深深地叹了口气。小生也沉默下来。大约沉寂了几分钟，但这种沉寂使人感到长得可怕。M氏的嘴唇动了，发出了异乎寻常的沉闷的声响。

"我看到了那匹灰色的马，骑在马上的名字叫作死，相随在后的是阴间的冥府。""路卜泃。"小生自语道。路卜泃是个被处决的恐怖主义作家，这段话是他引自启示录，写在他那怪异作品的扉页上的。M氏接着说：

"我们这一代人见到了人类不该见到的灰马，它就是数不尽的死的幻影。革命、内乱、战争、建设、清洗、反动——俄国所经历的半个世纪，是人类苦难和光荣历史的缩影。如今的苏联，已经发射了宇宙火箭，但是与今天光荣共存的是我们为此不得不蒙受的莫大的悲痛和牺牲。这些是现在那些迷恋电影明星碧姬·芭铎和美国爵士音乐的青年们所不想知道的，不，即使他们想知道也不可能知道的。那又是为什么呢？"

M氏紧握葡萄酒杯的手在微微颤抖，杯中的酒激起了浪花。红色的葡萄酒顺着他的手指流淌下来，他继续往下说，声音如从地底下爆发出来似的。"应该送给苏联下一代的，已不光是革命的精神、交响乐和月球飞船了，应该把俄国人民半个世纪的真实体验，把他们所经历的悲惨、失败、牺牲都毫无保留地告诉他们。这该是谁的工作呢？承担这件事的不是历史学家，也不是社会科学工作者，这正是作家们责无旁贷的，难道不是这样吗？"

小生在M氏燃烧着的眼神的注视之下，无法动弹。像是在窥视无底深渊似的沉默之后，M氏突然起身到隔壁房间，不一会儿,抱着个结实的藤提篮,又来到小生跟前。我清楚地看到他夫人的脸上掠过一丝担忧的神色。"您是位叫人信得过的人,"M氏自语道,"虽然说不出什么理由,但我有这样的感觉。我相信您,把它交给您,知道这件事的只有我和妻子,还有您。带回去吧,只能看一晚。"

"里面是什么?"小生惊奇地问。"没人知道的原稿,是部长篇小说。"M氏平静地回答,"这是我十年来,殚精竭虑,悄悄写下的小说。人们以为我已从文坛隐退,不再从事创作,其实这是为写这部小说设的伪装。它是个犹太裔俄国公民一家三代人的故事,虽然是虚构的,但细节全都是真实的。我在这部小说里,描写了一个被历史的激流击打翻滚,被漩涡所吞噬了的无名的犹太人一家的命运。肖洛霍夫和帕斯捷尔纳克以极大的勇气,描写过历史上的黑暗,但我总觉得他们回避了一些不敢正视的东西,而我尝试着写了。尽管明明知道它不可能出版。"

小生问他:"是否因为作品批判了苏联的体制?"他摇头回答说:"那倒不是。因为这部作品超越了某种界限。我的朋友们写历史真相的时候,都计算着这个国度的许可范围,而我却超越了它。对政治家和官僚们来说,这是有害于国家利益的东西,不仅这部作品不能出版,连作者都将被视为危险分子。"

"妻子劝我烧掉这份原稿,"M氏回过头看看夫人说,"可是,我却希望它能够出版。我已经老了,又没有孩子,如果能以什么惩罚来换取这本书的出版的话,那么即使把我送进收容所,我也心甘情愿。但这种要求是根本不可能被接受的。要是诗歌、短篇小说的话,或许能搞搞地下的排字印刷,然而这是部长篇啊!"

"您想说的意思是……"我拘谨地摆脱了M氏神秘的眼光,低下头来。我已经模糊地猜到了他的意图,它使我害怕。M氏小声地说:"我想请您今晚把它带回旅馆去看看,倘若您觉得有点价值的话,请您协助在国外出版。"

"当然不一定要您亲自带到国外,可以把它托给日本大使馆或某个中立国的驻外机关,只要能完全保密就行。"老作家继续说,"不过,要是您读完后丝毫无动于衷的话,那就在明天早晨照样还给我。有朝一日,我不管在俄国哪块地方入土时,都将带着这个篮子去冥府。"

夜深了,小生决计带上篮子,惴惴不安地回到旅馆,好像背后有谁在追赶似的。当晚,不合季节的暴风侵袭了索契城。小生在呼啸着吹打窗户的狂风威慑下,读着那叠用俄语打字机密密麻麻地打成的厚厚的原稿。东方既白之时,只读完这部长篇的五分之一,然而小生已完全明白了。这部长篇,比M氏过去的任何一部作品,不,比现代苏联作家的任何一部作品都要来得真实。它充满灵魂深处的呻吟,充满着对人类的爱。小生摘下老花眼镜,打开窗子,用充血的眼睛观赏着窗外的风景。大风奇异地平息了,黑海海面闪烁着葡萄色的光辉,楼下的散步道上还看不见人影。小生清楚地听到自己心脏的搏击声。头脑中两个声音在争论着:一个说,退还原稿!你是人家正式邀请来访问的人,要是在这里发生意外,引起的麻烦决不止你一人。另一个声音反驳道,这样,你还称得上是个俄国文学工作者吗？难道你打算白白葬送一个作家注入自己心血倾诉的真实,葬送那个信任你、委托你的老作家所写的这部伟大的长篇吗？过了一阵,小生还是将桌上的原稿捆在一起,装进篮子,然后提着它走出了房间。小生屈服了,在昧良心还是冒风险之间,选择了安全的一方。约好的时间是七点。小生拖着沉重的步子,像个罪人似的来到克罗尔特内依大街上的尼古拉·奥斯特洛夫斯基的像前,M氏的夫人正在那儿等着小生。她看到小生抱着的篮子,不由长叹了一声,不知道那究竟是失望还是放心的叹息。夫人若无其事地拿起小生决意放在半身像前的篮子,深色的眼睛打了个无声的招呼,沿着铺满金色晨光的大街,悄悄离去了。小生离开时回头一看,奥斯特洛夫斯基的像似乎咧着嘴轻蔑地笑着。小生感到万分耻辱,浑身颤抖,沿着克罗尔特内依大街往回走。路上,我一再对自己说:"你已经丧失了谈论俄罗斯文学的资格。"

那件事迄今已有三年了,如今小生躺在病床上,看到灰马的影子朝自己越走越近。使小生心痛欲裂的是缠身的疾患吗？不,是每天早晨透过窗户照进屋来的阳光。那天早晨,尼古拉·奥斯特洛夫斯基的胸像,沐浴着玫瑰色曙光,咧着嘴对我的嘲笑,斥责着小生。从少年时代初次读果戈理的《外套》,了解到阿卡基·阿卡基耶维奇的悲哀起,四十五年来,小生始终忠实地介绍俄罗斯文学。我为一生中这次唯一的背叛难受。小生不忍将这件事就此埋没在黑暗之中,特告之兄长一人。小生犯下了错误。

我相信那部作品,恐怕不仅是二十世纪最出色的俄罗斯文学,而且还是现代世界文学的一部伟大的创作。无论冒何等巨大的风险,小生都应该将这部作品推荐给世界。现在,M氏远离苏联文坛,在列宁格勒悄悄地度过余生。那些原稿可能依旧堆放在篮子里,正在可惜地变着颜色。在M氏去世时,他夫人会偷偷地把它埋到俄国的土地底下,它将随着夫人和小生的消失而永远地离开人间。我告诉兄长这件事——
(以下空白)

信到这儿突然中断了。鹰野抬起头来望着社论主笔。

主笔轻声地说:"就到此为止。"外讯部长闭着双眼,像睡着了似的一动不动。橱子上的西门子钟打了十二下,已是正午了。鹰野把信叠在一起,塞进大信封内。

"后面他没写下去,"主笔自然地补充说,"他没写完,几天前就在T大学的医院病故了。亲戚在整理遗物时,看见信封上有我的名字,就把它交给了我。信可能是他在病中身体稍好些的时候一点点写成的吧!"

"那么,您要我做什么呢?"鹰野小声问。

外讯部长闭着眼苦笑道:"别装傻了,你在外讯部不是赫赫有名的嘛!我们想做什么,你应该都猜到了。"

"要我退社,然后只身到列宁格勒去搞到那部神秘的原稿,不会是这种事情吧?"

"叫你一语道破了,"外讯部长睁开眼点了点头,"到底是以原报社工会骨干闻名的鹰野隆介。咱们外讯部不如其他报社那么活跃,要是再不搞个大新闻,就不够格了,所以希望你辛苦一趟,就这么回事。"

"花田君,可不能这么说,"主笔取下衔在口中的烟斗,严肃地说,"我把这项工作与报社的利益区分开来考虑,这关系到艺术创作和言论自由。我觉得一个新闻工作者,对这样的事是不该无动于衷的,你说呢?"

鹰野沉默了,恐怕很难讲主笔和外讯部长的话谁对谁错,这件事是为了保护言论、出版的自由,名正言顺;同时又是个与报社利益密切相关的有利可图的商业计划。

主笔说:"听说你大学的专业是俄罗斯文学……"

"是的。"

"那么,写这封信的人是谁,大概已略有所知了吧。"

"知道,"鹰野回答说,"上星期我看到了他去世的报道,写信的人是东野秀行先生吧!信里说的苏联作家 M,我想是二十年代活跃于文坛的 A. 米哈伊洛夫斯基。"

主笔满意地点点头,像是要想出什么事情似的紧盯着一处,并不时将烟雾优雅地喷向空中。这是他十分得意时的姿态。

"在有严格检查制度和压制批评的国家里,一旦产生对文化活动和自由的要求,就非得搞地下出版和秘密文学不可,这和海外出版、流亡是相同的必然结果——这是有名的赫尔岑的话,你大概不会不知道吧。"

"怎么样,嗯?"外讯部长把上半身靠过来问鹰野。看着部长锐利的目光和主笔紧锁的嘴唇,鹰野只说了一句:

"……好,试试看吧!"

主笔和外讯部长会意地点点头。太阳一下子钻进了云层,屋里忽地变得阴暗了。鹰野没有意识到,他这句话竟成了一个扳机,将使全世界的新闻界卷入一场巨大的骚动。

2

这年七月,原Q报外讯部记者鹰野隆介只身访问了欧洲。他成了一个自由记者,接受了某个通讯社的委托,来采访计划中的报道内容。公开的工作是为地方报和同盟报的星期日版——"世界文学散步"一栏提供连载的报道和彩色照片。

为了遮人耳目,鹰野还绕道去了东欧各国,八月中旬从华沙坐火车进入苏联,结束了莫斯科的采访工作后才前往列宁格勒。

鹰野搭"红箭"特快列车到达列宁格勒时已是八月二十三日的星期五了。天气极热,在乘坐出租车到指定下榻的阿斯托里亚饭店的途中,他一个劲地擦着汗水。

在Q报的特别会客室接受列宁格勒之行的任务至今,正好过了三个月,因为这件事需要相应的准备和周密的计划。在这段时间里,鹰野一直在练习他那几乎忘光了的俄语。

在饭店的房间里安顿好行李,鹰野马上到新闻报道机关的联络处去了,为的是说明采访的目的和预定的时间,并申请远出郊外和获得摄影的许可。这个国家采访的麻烦,他在莫斯科已深深地领教过了。报道发回前先受检查的制度在四年前就取消了,现在,不论什么样的报道,都能自由发出,但是,那必须是毫无忌讳的东西才行啊!

报社中,有的用民用电报从支局直接发稿,Q报也是这样。然而现在的鹰野已是个与Q报社毫无关系的采访记者了。采访时,一定要符合那些规定的手续才行。

在维也纳的时候,他收到了一份花田外讯部长打来的电报。

"候鸟归都。"

"候鸟归都"是告诉鹰野,像往年一样到索契去避暑的A.米哈依洛夫斯基已回到了列宁格勒。鹰野虽然无法知道外讯部长的消息来源,却能感到这次行动计划的背后,Q报暗暗地采取了相当规模的行动。鹰野从Q报辞职后,一直按命令在学习俄语,那时"世界文学散步"栏的计划是通过一家代理店传送到他手里的。这也和行动有关吧。品格高尚的老自由主义者、社论主笔森村,一定是这次行动的关键人物。鹰野对此人全无好感,也不知是什么原因,像是一种生理上产生的厌恶感。

不过,鹰野并不认为自己的行动完全是他们安排的,他觉得接受这项工作,完全是靠自己的意志选择的。

A.米哈依洛夫斯基对鹰野隆介来说,并不单纯是个外国的老作家。鹰野决心进大学专攻俄国文学,是在高中二年级。当时,在旧书店偶然发现的一本短篇集,给了这个只热衷于田径比赛的高中生以强烈的震动。用文学青年的口吻来说,他在十七岁那年夏天就被米哈依洛夫斯基的作品深深地吸引住了。那篇描写沙皇哥萨克兵屠杀犹太人的短篇给了这少年一种"看到了不该看到的东西"似的感觉,它和他在日本战败后于北朝鲜街头听到的那种令人憎恶的声音的记忆互相呼应。他曾拼命地把那声音强压到身体的底部,不愿意想起它。他热衷于体育运动到了异乎寻常的程度,其实那也是为了拼命地驱使自己的身体,使之疲劳,从而希望能从那种记忆中逃之夭夭。

可是,鹰野一读到米哈依洛夫斯基的作品,就感到自己绝不能忘记那种声音。从那时起,他不再躲避那令人憎恶的记忆,决心作为一个看到了不该看到的世界的人而生存。

进大学后,鹰野仍对米哈依洛夫斯基感兴趣。他读书的习惯,是读完一本书就卖掉一本,从不留在身边。与其说这是他的一种习惯,毋宁说他是需要钱花。就是他那样的人,最后不愿出手的几本原版书籍中,就有米哈依洛夫斯基的作品集。不见阳光的三张榻榻米大的小房间,用苹果箱代替的桌子,美军扔下的睡袋,加上莫斯科出版的灰色封面纸的亚历山大·米哈依洛夫斯基的作品集,这些便是鹰野隆介当时半工半读的大学生活的背景。

与米哈依洛夫斯基见面,给那篇作品提供发表的机会,对鹰野来说不单纯是工作,也不是为了所谓的言论、出版自由那种堂而皇之的美名,更不是受到新闻界那种猎奇心理的驱使,而是他感到这件事里有一种无法违抗的命运的吸引力,对鹰野来说,做一件事的理由总是在后面产生,先跳过去再说,过去就一直是这样的。

中学时代,他突然间放弃高中的应考复习而参加了田径队,就是一例。傍晚的操场里,不知谁投的标枪偏离了目标,枪尖骤然掠过他的脸部插入地面时,他冷不防地决定今后要搞体育运动了。

最初读到米哈依洛夫斯基的短篇小说就决定今后学习俄国文学一事也同样如此。以后又与自己的专业诀别,去报社工作,入社三年后参加工会活动,还有迷恋上酒馆的女老板后所白费的精力,所有这些事都一样。当然这次接受这项任务也不例外。

到达列宁格勒当天,鹰野在当地机关办完繁琐的手续后,疲惫地回到饭店。他拉上窗帘,一下钻进被子,心想,即将开始着手的工作的真正意义究竟何在?一种莫名其妙的不安突然笼罩了心头,他爬起来,加倍地吞服了安眠药,再次钻进被窝。

次日早晨,鹰野醒来时,已过了八点。

拉开窗帘,炫目的阳光洒进房间,从阿斯托里亚饭店的窗口向外望去,八月的列宁格勒,在强烈的日光直射下,灼热而干燥,圣伊萨克教堂巨大的圆顶闪耀着金光,紫丁香的树叶发亮,杨树的花絮缓慢地飞过窗边。

路旁响起了人们的脚步声、笑声和汽车喇叭声,不知什么地方的房间里传出来霍勒斯·西尔弗风格的欢乐的爵士曲和钢琴曲,还可听到发自西德法兰克福的"美国之音"广播。现在,苏联政府对美国的短波广播已停止干扰了,爵士音乐、美国西部音乐、什么样的音乐都有,只是书籍的出版还远没有这样自由。

鹰野洗完脸,整好服装,下楼上饭馆去。他在商店买了两盒与德国的格尔别卓尔特牌相似的三套车牌金纸香烟。早餐吃的是匈牙利汤、基辅式的菜肉蛋卷、阿斯托里亚饭店特制的沙拉和放过果子酱的红茶。吃完早饭回到房间里已过了十点。

他从旅行包里取出文件袋,对着笔记本确认自己的住址,然后打开艺术出版社最新出版的列宁格勒导游书,寻视了市内地图。米哈依洛夫斯基公寓的大体位置他基本有数了。从饭店附近的圣伊萨克教堂出发,越过伏尔加运河,然后沿着笔直通往华沙车站的依兹玛依洛夫斯基大街走,中途只要往右拐一次便是。

旅行包里还有一本 B6 尺寸的书,那是去年秋天刚译出的米哈依洛夫斯基的中篇小说《黄色的星》。这本书的封面上,印着著者侧面的大幅照片。鹰野用紫色的包袱巾包上书,把五张二十美元的钞票装进口袋,出了房间。

他不准备效法职业间谍的做法,这已成了他这次工作的方针。无论怎么搞小动作,毕竟是个外行,与专干这行的人不同。从事记者这一行当,让他充分了解到一件事:不管哪行哪业,专业人员都有其可怕之处。还是不要学那种拿自己的生命来打赌的人为好,那样只会使自己身败名裂。

鹰野打算采用最朴素的逢场作戏的即兴手法,大大方方地去访问米哈依洛夫斯基的住所。敲门后只要有人出来,就

把印有他照片的日文版书给他看,再请他签名。书中夹着一张俄国文学研究者东野秀行氏的照片和一张字条,字条上用俄语写道:

"最近,向日本读者介绍您著作的卓越的东野先生病逝了。我遵照东野先生的遗言,前来拜访,为的是接受三年前东野先生在索契未接受的您所提出的委托。"

一个名作家的崇拜者,来请作者在著作上签名留念,不是什么罪名。总之,他不愿施展那些讨厌的小动作,而是想按一般人持有的常理去尝试。

城市的地图已印在脑中,他用包袱巾擦着额上的汗水,行走在依兹玛依洛夫斯基大街上。不一会,跨过了第二道运河,大概是格里鲍耶陀夫河吧!格里鲍耶陀夫写过《聪明误》一剧,嘲笑当时上层阶级的丑恶和愚劣。他遭到过沙皇政府的逮捕,后来在德黑兰被杀害。鹰野不由得怀念起这位作家来。

越过芬坦卡运河,又走了一段路往右拐,他的家一定在这附近了。按照房角上写的门牌号,鹰野来到了一所呈暗褐色的老式四层楼房前,就是这幢公寓。

建筑物的正面有大教堂圆顶层式的入口,旁边的一个房间,大概是管理人员的房间吧。管理员往往就是看门的,或是民警的助手,有的还是列宁格勒保卫战的勇士呢!他们就在那间屋守着,寸步不离。

鹰野敲了敲那间屋的门,一个体格魁伟、留着棕色胡子的老人走了出来。

"什么事啊?"他口气骄横地问道,把鹰野从上到下地打量了一番,疑心重重地又问,"你是中国人吧?"

"日本人。"鹰野回答。

那张长着胡子的可怕的脸一下子变得和蔼起来:"噢,是从东京来的吗?"

鹰野用俄语向他打听米哈依洛夫斯基的房间。

"你找他有什么事吗?"

"我带来了日本出版的他的著作。"

"就放在这儿吧,待会儿我代你交给他。"

"不是不相信您,我是想直接和他见面后再交给他。"

"米哈依洛夫斯基近来不见任何人!"老人说道,"他老待在屋里,几个月没出门。他最讨厌与人会见,你去也是白搭。"

"见不到他时,再来麻烦您。"

管理老人不知叽叽咕咕地说了些什么,然后用下巴冲着楼梯说:"三楼对着走廊的那间屋就是。"随后关上了门。

鹰野上了楼,在对着走廊的房门前站住了,从包袱中取出了书,然后敲了敲门。

没有人搭理,他又重重地敲了三下。里面传来轻轻的脚步声,门打开了一条缝。

"谁啊?"一个上年纪的妇女的声音。他想,一定是米哈依洛夫斯基的夫人。

"我是日本人,叫鹰野,想见见米哈依洛夫斯基。"

"我丈夫谁也不见。"

"我有重要的事来找他。"

"约好的吗？您带了什么介绍信吗？"

"请把这个……"鹰野从口袋里取出了俄国文学研究家的照片和一张字条夹进书后递给了她，"请拿给米哈依洛夫斯基看看。"

老妇人戴着金戒指的手接过了书，门关上了。

过了五分钟，房门再次裂开了细缝，刚才交给老妇人的书，又从这条缝中被递了回来。

"丈夫说不能见您，真对不起。"她无精打采地说，"您大概是搞错了吧，丈夫说他没有在索契见过东野，也没托他办过什么事。"

"你们的心情我是理解的，不过，太太，我就是为了这件事才从东京来的。请别担心，让我带回去好了。"

"我实在不知道这是怎么回事。如果您一定要见他的话，请您去办个约见证明来。要是作家协会方面来通知的话，丈夫也许会答应见您的。"

门被关上了，"咔"地上了锁，脚步声也走远了。

鹰野想：他们警惕着呢！这也难怪，光是我知道这件事，对老夫妇来说，就一定是个不小的震动。"不着急。"他对自己说道。

"在列宁格勒还能待上一周，再慢慢琢磨琢磨吧。"

下了楼梯，经过管理人员住房时，鹰野忽然好像觉得有人在背后盯着自己，回过头去看，什么人也没有。走出门外，强烈的直射阳光使他感到有些晕眩。他想喝点冰镇啤酒，于是拦下迎面开来的棋盘格子的出租汽车，回饭店去了。

鹰野吃完等待许久的午饭,就去查市内电话簿,寻找米哈依洛夫斯基的电话号码。叫A.米哈依洛夫斯基的共有三人,其中二人住的地方不同,与要找的地址相同的人只有一个。他到饭店去打公用电话,一下就接通了。

"谁啊?"一个男子嘶哑的声音。

"您是作家米哈依洛夫斯基吗?"

"打错了!"电话"咔嚓"一声挂断了,挂得令人摸不着头脑。

"不管怎么说,总得先找到他本人。"鹰野想:有必要在不引人注目的情况下与作家见面,还应该消除他对自己的警惕,使他信任自己。然而,又有谁会如此轻易地相信连姓名都闻所未闻的外国人呢?

他想,要是职业间谍碰到这种情况,该采用何种手段呢?一定会设法使对方落入自己设的一个什么圈套,然后进行威胁;会用金钱、美女、地位去引诱,而后进行交易。不、不,这一切对这个对象是不合适的。可以诱拐他的夫人,然后再让他用原稿来交换,不也行吗?

想到这里,鹰野毛骨悚然了。他感到恐惧的是,在不知不觉之中,自己的内心也像间谍们那样变得冷酷无情了。他对自己说,我可不是间谍啊!

"那你算什么呢?"好像有个声音在问。

"我到底是个什么人,为了谁?不,是为了什么才来做这种事的呢?难道就只是为了自己吗?"

他忽然感到自己犹如被人操纵的木偶,正在一只巨掌上跳舞,真讨厌。他摇着头打消了刚才的念头,伫立在饭店的窗边,凝视着圣伊萨克教堂那壮丽的大圆柱。

3

到达列宁格勒的第三天下起雨来了。

这天早晨,鹰野醒来,看到窗外的天空一片灰暗,外面正下着雨。圣伊萨克教堂的楼梯上,排着撑着雨伞的黑乎乎的长队。

三十万吨重的巨大的教堂和打着雨伞的黑蛇似的队伍,给鹰野一种不祥之感,恰似什么东西在身体内部蠕动那样使人心烦意乱。他没心思做事,决定整天什么都不干。

这天,鹰野在房间里一直待到黄昏,雨势小了。

他提早吃完了晚饭,去旅行导游处打听当晚基洛夫剧场的演出,回答是:"现在去怕是来不及了。"

"要是您真感兴趣的话……"女服务员俏皮地微笑着说,"有普拉特·古罗姆基的诗歌朗诵会,我可为您准备票子。"

"他是音乐家吗?"

"不,他是个富有才华的年轻诗人,在青年姑娘中很有声誉。"

"不过,听诗朗诵也许闷得慌。"

"那就得看您是否有欣赏力了。"

"我就接受一次欣赏力的考试吧!"鹰野笑了,请她代购演出票。

回到房间,他换了件衣服,系好领带又来到楼下的大厅,在导游处取了票子和写有戏院地址的纸片,坐上了出租汽车。

戏院离饭店很近,入口处,手持花束的少女和披着雨衣的活泼的青年们拥挤在一起。

穿着半长筒靴的民警,大声吆喝着维持秩序。鹰野排在最后。这时其中一个民警向他走来,看了看他的票子就抓住他的手腕,用力把他从队伍里拉了出来。

"干什么?"鹰野嚷道。

"过来!"民警使劲拉着鹰野,把他塞到队伍的最前头。

"在这儿才能得到最好的座位,今天太乱了,你排在后面是进不去的。"

"谢谢。"鹰野感到自己的脸都僵得变了形。

开始入场的一刹那,观众一下子涌入场内,鹰野被人流撞击簇拥着,好歹在最前排正中的座位上坐稳了。他旁边跑来一个挟着海明威短篇集的学生模样的青年。墙边、走道里都密密匝匝地挤满了没座位的青年人。

鹰野轻松地正要拿出卷烟时,一个少女从舞台前横穿过来,在鹰野面前站住了。她枯黄色的头发剪得短短的,有点像男孩,皮肤苍白,毫无血色,生就一对美丽的灰眼睛,穿一件绿色的筒袖上衣,胸部呈现出魅人的曲线,好像绿上衣的纽扣扣得太紧似的,与她那苗条的身材有些不协调。她走到鹰野跟前确认似的直盯着他看。

"有件事要麻烦您。"她用俄语认真地说。

"是我吗？"

"是的。"

"请说吧。"

少女弯下腰,把脸凑近鹰野的耳边。鹰野闻到她身上一股淡淡的狐臭味。

"能把您的座位让给我吗？"她说得很快,"我累极了,看来今夜是站不到散场的。在雨天里站着排了两小时的队,可还是没得到座位。求求您了！当然,这不会是无代价的。"

"我不是倒卖座位的黄牛,是日本的游客。"

"您一定想逛逛列宁格勒吧！请把座位让给我,我陪您逛街,这个城市我可熟了,怎么样？"

"什么时候陪我？"

"就今晚,朗诵会结束后。"

"请坐吧！"鹰野站起来说,"看不出来,你可真是位倔强的小姐。"

"日本男人待人真好！"

"并不是什么时候都这样的。"

鹰野从舞台前走过,向剧场的墙边挤去,心中暗自思忖:这女人好像在哪里见过。他竭力回忆在何时何处见过,却怎么也想不起来。他想,待会儿问问她吧。

开演的铃声响了,场内灯光齐暗,大幕拉开了。只有二道幕的舞台上,在灯光的照射下,站着个抱着吉他的男子。裤子紧裹着细得像铁丝一样的双腿,红黄绿三色衬衫的衣领处露出胸毛和金锁。他就是深孚众望的名诗人普拉特·古罗姆基。

场内响起了掌声,好一会儿才恢复平静。古罗姆基开始弹起琴来,舞台上响起了清脆动听的吉他声。

这是一种独特的朗诵会。古罗姆基朗诵着自己写的诗,自由自在地徘徊在舞台上,他边弹边讲,时而夹几句叙事曲般的唱词。他忽而对观众讲上一阵,忽而又来个突然的沉默,给观众演个奇妙的哑剧。年轻的古罗姆基身上有一种柔和、抒情的风格。

他演完一场,就微笑着向观众席投以询问似的目光,年轻的观众即以狂热的反应作答,掌声和姑娘们的欢呼声一起爆发。

"好!妙啊!"

刚才那少女也在叫嚷,她穿着鞋踏在椅子上热烈鼓掌。鹰野看到她苍白的脸上,泛起了朝霞般的红晕。

鹰野的目光越过青年们的肩头,凝望着她的脸,背后是冰凉的石壁。此时此刻,充斥他心头的既有对狂热的青年们的羡慕,又有异国人的强烈的孤独。

"真想拥抱她。"他突然想到,这种念头与单纯的肉体欲望不同,它是一种精神性的渴望。

普拉特·古罗姆基的诗朗诵会加上中间短时间的休息,不到两小时就结束了。鹰野被人流推送着,走出了剧场,下了楼。街上一片昏暗,仍下着雾状的毛毛细雨。

"没带伞吧?"话声从鹰野背后传来,回头一看,刚才那姑娘正竖起红色尼龙上衣领子微笑着。

"毕竟是旅行嘛!"他说着,和她并肩走起来,"并没有指望你会践约。今天已经很晚了。"

"别担心时间,今晚我越晚回去,丽达就越高兴。"

原来她是和一个名叫丽达的女友一起租一间房子。她告诉他:"丽达有个男朋友是大学生,因没住房,还没结婚。为了他们的爱情,我每周这样把房间让给他们用一晚。今晚我跟她约好十二点之前不回去。"

鹰野笑道:"一个流浪的姑娘啊!"他觉得少女的嘴唇猛地抽搐了一下,他又开玩笑似的说,"不过现在我们却萍水相逢了。"

"是的,美丽的彼得之夜在等待着我们,走吧!"她的手臂挽住了鹰野的手臂,发出了不自然的笑声。

两人淋着细雨行走,感到些许寒意。他们到欧洲饭店的餐厅去喝了啤酒。她吃了几个上等的南方蜜橘,突然站起来要跳交谊舞,这使鹰野难堪。两人随着慢旋律的舞曲跳了一阵。

"叫我奥丽娅,"她撒娇地说,"剪这种头看上去像个孩子吧,其实我都二十二啦,完全是个大人了。"

在餐厅一直待到服务员来催撵,他们才离开饭店,外面,雨已经停了。

"去看看涅瓦河吧!"奥丽娅说。已经十一点多了,两人走过运河上的石桥,向艾尔米塔什博物馆方向走去。四周不明不暗,宽阔的大街两侧尽是十九世纪风格的装饰雅致的建筑物,戴着帽子的贵妇人仿佛随时会出现在蔓草式的阳台上。

"这是茹可夫·普罗斯班克特大街。"奥丽娅说。

鹰野默默地点点头。果戈理的小说《鼻子》的主人公,八品官普郎东·库兹米奇·柯瓦辽夫的鼻子到了三点就离开身体,在这条街上彷徨转悠。安娜·卡列宁娜的丈夫从莫斯科回来,也曾驾驱马车,在雾天里经过这条大街。左边喀山大教堂巨大的圆柱突立着,隐蔽在深夜黑幕中的魁伟壮丽的石头回廊,犹如黑洞洞的深邃的森林。又过了一道桥,大概是莫依卡运河吧,普希金曾在这条河岸上住过。鹰野想象着他与丹特士决斗后,载着这位负伤诗人的雪橇,破雪飞奔而来的情景。

"你知道威尼斯城有多少座桥?"奥丽娅问。

"不知道。"

"该有三百六十四五座吧。"

"一天过一座得要一年啊!"

"可这儿共有五百六十七座桥。"奥丽娅摊开双手挺起了胸。

左边旧海军部的尖塔高耸入云,从这里可以看到右前方的艾尔米塔什美术馆。巴洛克风格的细长的窗户和白色圆柱交相辉映,以神圣不可侵犯的气度整齐井然地屹立着。

再往前走就到涅瓦河了。

"美丽的涅瓦河!"奥丽娅细声呼唤着,挽紧了鹰野的手臂。河水量比想象的丰富,水流湍急,四周黑乎乎的,水面朦胧地呈现出暗暗的钢铁的颜色,数万吨河水片刻不停地流向芬兰湾。

鹰野搂着奥丽娅的肩,漫行在河畔石头垒砌的人行道上。奥丽娅的上身紧紧偎依着鹰野,她在俄国人中只能算是个小个子。

护河堤是用花岗岩筑成的,有的地方还设有蔓草花样的铁栅栏,下河用的台阶比比皆是。两人从一个有狮像的台阶口下去,在靠近河面的石凳上坐了下来。附近有几对青年恋人的倩影,犹如互相重叠、互相交错的塑像,纹丝不动。奥丽娅温暖的气息,喷射在鹰野的耳边。

"我爱你……"她小声耳语道。

"我爱你——

涅瓦河浩浩荡荡的激流

它那大理石砌成的两岸

围墙上铁铸的花纹

我爱你——

那严酷冬天里凝然不动的空气和严寒

宽广的涅瓦河上飞驰的雪橇

比玫瑰艳丽的少女的脸蛋

舞会上的豪华、喧闹和细语

……

展现出你全部的美吧,彼得的城

像俄罗斯一样,巍然屹立"

鹰野说自己听过这首诗:"是普希金的诗吧!"

"对,青铜骑士。"奥丽娅答道。

鹰野有点儿奇怪,奥丽娅对他知道这首诗丝毫不感到惊异。一般来说,一个普通的日本旅游者,对俄国文学能有如此详尽的了解,一定会使对方感到惊奇和钦佩的,然而奥丽娅却毫无表示,好像她一开始就知道他的经历似的。

两人静默地坐着,凝视着涅瓦河的水流。

"你真是个好人。"奥丽娅突然小声冒出一句。

"是因为刚才我给你让了座位吗?"

"不完全是。"她凑过上身来。

"有些凉哪!"鹰野搂住了奥丽娅的肩头。那种常有的堕落感又掠过心头。

"该适可而止了,你身上还负有重任呢!这样会坏事的。"

但是,他违背了这一理智的警告,紧紧拥抱住奥丽娅。他用手指抚弄着她男孩式的头发,奥丽娅的身体变得意外的柔软。

奥丽娅把下颌搁在鹰野的肩上,使劲把高高隆起的胸脯贴到鹰野身上。

"刚才在朗诵会上,你好像一点儿也不高兴嘛。"奥丽娅说。

"因为我听不懂古罗姆基的讽刺诗。"

"不见得吧!"

"那怎么说呢?"

"我知道,你是个与众不同的人。"

"哪儿的话。"

"没错。"

"你住口。"

鹰野用力地扳过奥丽娅的脸,他看到她那张男孩子气的轮廓鲜明的脸庞上,流露出强行抑制某种激荡的情感的暗淡心情。

"你才有些与众不同呢!"鹰野强行亲吻了她。奥丽娅的脑袋好似折断了似的向后柔软地耷拉着,坚挺的胸部传来贝壳纽扣崩落的声响。奥丽娅没戴胸罩,在涅瓦河黝黑的水流上,鹰野的嘴唇贴在她裸露的乳房上,那儿散发着酸甜的狐臭体味儿。

"不知怎地,她总有与众不同之处,这个女人和我一样……"

头脑的一隅奇妙地清醒着,他感到四周夜幕笼罩的深处,有双可怕的眼睛正紧盯着他俩。

4

次日下午,鹰野再次查阅了 A. 米哈依洛夫斯基的电话号码,给他挂了电话。结果还是和前一次完全一样。

"打错了。"这次是个女人的声音,电话照例挂断了。女人的声音很像是前天听到的米哈依洛夫斯基的夫人。

鹰野开始心焦了,签证限定他必须在八月三十日到芬兰去。

当天下午,他又到米哈依洛夫斯基家去了一次,管理老人用疑惑的眼神注视着他。

敲门后,夫人出来了。不等鹰野开口,便责难似的说:"我不是告诉你,我丈夫不见吗?"

"我真有要紧的事。"

"那你应该通过作家协会,请求安排会见。"

鹰野回头看看走廊,确认没任何人后,才小声地说:"我是为那部小说来的,无论遇到什么事情,我决不会给你们添麻烦。现在也许是出版那部作品的最后一次机会了。"

"不明白你在说什么。"夫人盯着鹰野的眼睛说。从她的眼睛里,鹰野察觉到一种深深的灰心和悲哀的神情。

"您大概记错了吧,以后请别再来为难我们了。"夫人说。鹰野紧咬着嘴唇伫立着,房门在他面前重重地关上了。他走出公寓,感到管理人的视线直逼向自己。他想:这工作给自己的负担实在太重了,米哈依洛夫斯基夫妇俩也许已不愿再担惊受怕,而要一心一意地过他们晚年舒心的日子了吧。特别是那夫人,不采用职业间谍或胁迫者的非人道手段,要想取到书稿,看来已是不可能的了。

"顺其自然吧。"他心里想,大不了完不成任务,空手回去让社论主笔和外讯部长大失所望而已。当然,必须考虑到失业的可能性。但是,这次到海外的旅行可权当作失业的补偿,这样,不也就可以心安理得了嘛。光是公开的采访,我已送了不少照片和报道了。总不至于叫我再吐出已花去的旅费吧。想到这里,他稍稍感到轻松了一点。

因为有事还要出门,回到饭店,鹰野提早吃了晚饭。他在西式浴室洗了澡,又洗了头刮了脸,在葡萄红色的短袖衬衫外面套上件粗绒毛衣,出了饭店。约好的时间是七点,在十二月党人广场的青铜骑士像前与奥丽娅相会。

这天晚上,奥丽娅到得迟了些。她上身穿一条薄薄的毛衣,下身穿一条紧身裤,显出了身体的曲线。她没穿裙子,使鹰野有些沮丧,这样做等于预先宣告了今晚两人行动的某种界限。

可是这实在是他多虑了。奥丽娅在鹰野脸上轻轻地吻了一下,调皮地笑着说:"今晚轮到我那朋友丽达到外面当班兜风了,我买了酒,在我们房间里,走吧!"

奥丽娅的打扮看上去活像戏剧研究生,或像个彩排归来的舞蹈演员。她的头型依然是男孩模样,但今晚口红涂得浓了些,轮廓分明的脸上散发出奇异的女人味。半路上截了一辆出租汽车,开往她和朋友居住的古老的公寓。那是幢三层楼的陈旧的屋顶房,天花板矮得鹰野的头都会撞到。两个姑娘住在这儿,未免有些可怜。

她的书架里有几本难得的书,有变了色的巴别尔的《犹太人的故事》,阿列克谢的《三个胖子》,还有丘特切夫和费特的古诗集。这些书都是鹰野第一次看到的新版本。

奥丽娅和鹰野蘸醋吃着鲱鱼,喝亚美尼亚产的白兰地酒,一声不吭,偶尔互相瞧瞧,微微笑笑,又接着喝白兰地,不一会儿就有些醉意了。鹰野倒在粗陋的绒毯上,宛如小鸟似的歪着脖子与奥丽娅长时间地接吻。

这时外面传来了单调的断断续续的响声,鹰野不由得紧张起来。

"怎么啦?"奥丽娅吃惊地问,"什么事把你惊成那样。"

"那——是什么声音?"

"不知道谁把楼梯上的铁桶踢飞了,滚到一楼去了。"

鹰野这才松了口气,站起来到桌上倒了半杯白兰地,一饮而尽。

他坐在椅子上,又斟上一杯,奥丽娅躺在床上,注视着他的动作。

"我真讨厌那声音,听到敲铁皮声最受不了,它使我想起讨厌的往事来,真怪。"

像是要甩掉那种记忆似的,他一仰脖子又喝干了酒。但他并没能如愿。

"火葬啰!"忽然,鹰野听到了令人无比生厌的声音。迄今为止,他未能摆脱这种拖着长腔和敲打铁桶的声音。从那时至今已将近二十年了,然而,它越过了时间的沟壑,又找上门来了。

那是日本战败后一九四五年的冬天,在伤寒瘟疫流行的北朝鲜的日本人收容所里,每周星期一的早上,火葬值班员在各间屋前就用这种奇妙的喊声吆喝。当时十二岁的鹰野和他一家,在日本战败时,从延吉南下,在那里度过了一个漫长而渺茫的冬天。

"火葬啰!"

"今天火葬啰!"

值班员在几栋库房之间,敲打着铁桶通知大家。人们随着这一讯号,纷纷抱起上一周的死者,将他们搬出仓库,堆放在广场中央。那是鹰野他们这些活着的人这一周重要的工作。

零下数十度的严寒,大地冻得坚如钢铁,铲子铁镐都使不上,想埋葬尸体是不可能的。每天都出现死者,立即烧掉,又没有那么多燃料。

所以他们决定将死去的伙伴,以一周为单位,统一焚烧。先在广场上铺一层无烟煤的废煤,然后把死者堆放在上面,泼上苏军特别照顾分给的汽油,点火焚烧。每星期一,那种单调的敲击声,总会从鹰野睡觉的窗边响过。

回国后,隔了几年,这种几乎忘却了的声音,一天突然在耳边响起。后来读高中时,进大学时,它也老缠着他不肯离去。

"火葬啰!"

"今天火葬啰!"

在大学校园的银杏树下,工会大会的代表席上,报社的电传打字机的响声中,这种声音都会不作预告地突然出现。

"今天火葬啰!"

一遇到这声音的突然袭击,鹰野那热腾腾的心就会变凉。他自暴自弃,仿佛一切都是空虚的。这种叫喊和敲击声在耳边无法消失时,鹰野的酒性就会发作。平时学究气十足的他,这时常常喝得烂醉,然后要不去跟流氓打架,就连那些对打架熟视无睹的女招待们也看得心怵;再不就是故意选些病态的女人来消遣时光。

这似乎成了这位少年过早地看到了本不该看的世界的那种后遗症。当时只是偶然出现的记忆,过了二十年反倒越来越鲜明和频繁地出现,到底是何原因呢?

"奥丽娅!"鹰野回过头来说,"你想要什么?我们的相识不是偶然的,我确实记得在莫斯科的明斯克饭店见过你。我已不像相信涅夫斯基大街的浪漫故事那般年轻了。不过,那种事今天不去管他了。不遮遮掩掩了,眼下我急切地想与你上床,渴望得到你的身体。你对我有什么要求?是美元,还是……"

鹰野目不转睛地盯着奥丽娅,忽然关上了墙上的开关,熄了灯。

"不要!"奥丽娅在鹰野的身体下剧烈地挣扎,"你可别那么想!"

鹰野的手使她的下半身完全暴露后,奥丽娅忽然停止了反抗。

"好呀!"她挑逗似的展开自己的身体,"随你的便吧。"

她咽下一口吐沫,发出老太婆那样的沙哑的笑声,在鹰野的耳畔低声私语。

"告诉你吧,我是个犹太人。"

"那又怎么啦?"鹰野说着,闯进她的体内。刹那间,奥丽娅发出被刀子扎入般的尖叫声,全身痉挛。

过了一阵,两人起床,打开电灯。奥丽娅脸上的眼影全都花了,很是狼狈。

"对不起,过于勉强你了。"鹰野说。奥丽娅使劲摇摇头,喃喃自语地说:"哪里。"

"以前也碰到过类似的事,不同的是,对方是俄罗斯青年。我们俩是相爱的,不过,当时没能做成。他想做爱时,我把以前瞒着的事告诉了他。我说,我是个犹太人。"

"后来呢?"

奥丽娅沉默了,随后发出了异样的笑声,接着说:"他突然就不行了。他是个好人,真心实意地爱着我,还是个知识分子。为了不伤害我,他千方百计地想努力完成这件好事,可还是不行。他的身体不听脑袋的指挥。因为感到羞耻,他主动离开了我。"

鹰野沉默了。自己是日本人,只是在脑海里了解犹太民族。对于一听到对方是犹太人就突然变得性无能的人们的心理,虽然理论上可以明白,却最终难于理解他们的精神世界。

过了一会儿,奥丽娅用幼儿的表情问鹰野:

"能再做一次吗?"

"来吧!"

电灯没有关闭,奥丽娅放肆地横躺在红色的地毯上,微微撑开双腿。她那迟疑的动作,再次勾引起鹰野的欲望,恰似钢琴高音部的不和谐的音调,直接刺向他的感觉。

"不要太猛。"

"当然。"

"日本人为什么不讨厌犹太人?"

"这问题过去从未思考过。"

"但是,你好厉害!"

"别说话!"

"日本没有宗教吗?"

"我们有宗教呀!"

远处的钟声从打开着的可怜的小窗户里传来。鹰野不停地撼动着身体。

"好厉害!"奥丽娅发出高潮来临时尖锐的叫声,紧咬住鹰野的肩头。

完后,疲惫的两人沉睡了一阵。

奥丽娅起来泡上了红茶,叫起了鹰野。

"我该回去了,"鹰野说道,"到你朋友回来的时间了吧?"

"是啊,我也该睡了,明天早晨七点,我还得到米哈依洛夫斯基教授家去呢!"

鹰野不由地放下红茶看着她。

"你说到谁家去?"

"亚历山大·米哈依洛夫斯基教授家。"

"他是大学的教授吗?"

"很早以前当过一段时期。你不知道吗?他是世界闻名的作家,不过现在已经不写作了。"

鹰野努力让自己平静下来,拿起凉了的红茶,呷了一口。他担心自己心脏的剧烈跳动,会让奥丽娅听见。

"我在给老师帮忙搞德语翻译工作,这既是学习,又可挣些钱。老师和他的夫人对我很满意,把我当亲生女儿那样疼爱。"

"有件事要请你帮忙。"鹰野起身,手搭在奥丽娅的肩上,竭力以平静的口气说,"我不了解你是什么人物,也不了解你有何想法,但是有三点我是知道的。"

"三点?"

"是的。第一,你是个犹太籍的苏联公民;第二,看来你不光爱米哈依洛夫斯基的作品,还爱巴别尔和阿列克谢等人的作品。"

"以上都对,还有一点呢?"

"现在,你一定爱着我。"

"多自鸣得意啊!"奥丽娅笑了,笑得很美。

"你要我帮什么忙?"

鹰野尽可能平静地说:"想请你帮助,让我见见米哈依洛夫斯基。"

"为什么?"

"不能细说。只要你能保守秘密,我就能对你说个大概。他有一部没发表的书稿,写的是一个犹太裔苏联公民三代人的故事。那部作品在这个国家是不能出版的,他想到国外去发表,同时又害怕由此带来的灾难,不愿和我见面。我认为阻碍米哈依洛夫斯基下决心的是他夫人,要是见到他本人的话,我大概还是有把握说服他把原稿交给我。我来这里的目的就是为了把这部书稿带出去,再匿名出版。"

奥丽娅瞪大了眼,紧闭着嘴,双手合抱在胸前,直盯着鹰野。

"原来这样……我凭什么相信你呢?"

"我相信你,才把一切告诉你。我明白,如果你去告密,那么一切都会毁掉的。我把赌注押在你身上,这就是保证。"

"你刚才说,那部作品写的是犹太人一家的故事吗?"奥丽娅念叨着,忽然抬起头来,以坚定的神情冲着鹰野点点头。

"好吧,我一定帮你去说说。"

她边用足尖钩起掉在地板上的内衣,边说:"丽达就要回来了。"

刚才鸣响的钟声停止了。一个多么恬静、奇妙的夜晚啊!

5

次日深夜,鹰野和奥丽娅一起到米哈依洛夫斯基的公寓去了。

入口处的大门锁着,但奥丽娅从大衣口袋里掏出一把金属大钥匙,相当熟练地打开了锁。她怎么会有大门钥匙呢?鹰野有点不可思议。

"现在几点啦?"奥丽娅在黑暗的楼梯上小声说,"十二点十五分去,老师会在那儿等着的。"

两人没碰到管理人员,直接上了三楼,他们大概睡着了吧。来到那间上次看到过的面朝走廊的房门前,奥丽娅给鹰野递了眼色,拧动房门的把手。门"吱——"的一声轻轻地打开了,昏暗的房间,给漆黑的夜撕开了一道口子。他们摸黑走过了头一个房间,又进入第二个房间。

"老师一定在里面的书房里等着,"奥丽娅抓住鹰野的手臂耳语道,"夫人睡了,昨天起像是有点感冒,尽量轻一点,别吵醒她。"

奥丽娅在墙上结实的木门上轻轻敲了敲,先是两下,接着又敲了三下,然后推开了门。她将鹰野引进去后,敏捷地反手关上了门。这间屋子稍亮了些。

"老师,就是他。"奥丽娅说。鹰野屏住了呼吸。

鹰野看到大书架的前面,在堆积如山的书籍的包围之中有个闭目的老人。从脸颊到下颌都密密地长着银色漂亮的胡须,鼻子高得出奇,薄薄的嘴唇抿成一字形,穿一条俄国式的独特的上衣,显示出古俄罗斯名僧的威严和风度。他的模样和鹰野拿着的米哈依洛夫斯基作品集封面上的照片一模一样,与想象中的形象太相似了,这反倒使鹰野惊讶。一般说来,第一次与照片上看到的人见面时,总会和想象中的形象有些出入。也许正因为鹰野事先想到了这一点,这会儿才感到意外。

"终于见到您了,我是为这件事特地从东京来的。"鹰野好不容易地开了口。

老作家忽然睁开了眼,打量着鹰野,凹陷暗淡的目光深处,闪烁着非老人所有的烈焰般的光芒,简直令人难以置信。

"欢迎你,"老作家用沙哑低沉的声音喃喃地说道,"本不打算见你的,妻子也反对……"

"您担心的心情我是理解的。"

"我拗不过奥丽娅,这姑娘像是爱着你。"

奥丽娅不知从哪儿用银盘端来了咖啡和白兰地,她微笑着对老作家说:"您夫人睡得很好,似乎已经退烧了。"

"谢谢。这病是她为此事操心过度,精神紧张引起的。"

奥丽娅给鹰野倒上咖啡,让他坐在沙发上。老作家往咖啡里掺进少量的白兰地,躬着背把杯子送往嘴边。

"我老了,"他目光向下地说,"看到你上次带来的字条,得知东野先生去世了,他翻译过我许许多多的作品。"

"是的,他去世前,十分后悔三年前在索契没能给您帮忙。"

"他是位出色的翻译家啊!……"

老作家瞑目静坐了一阵,长叹一声,低声谈起来:

"那以后,我失去了发表那部作品的信心。不,直到今天早上还仍然如此,现在我还在犹豫着。但是,今晨奥丽娅来了,当她坚持要看这部小说时,蕴藏在心底的念头又活动起来了。也许您不知道,这姑娘的父母在列宁格勒保卫战时,都是英勇战斗到胜利的游击队的人民委员。战后,在一个政治事件中,因为是犹太人而被加上了莫须有的罪名。奥丽娅的祖父出生在波兰的克拉科,在沙皇的基铺大屠杀中失去了妻子。我不去指责任何人,但我不能容忍回避事实,对现实佯作不知、不想去写的态度。我现在要把这个故事给奥丽娅看,而且还想让更多的人看。我写的东西,绝不是反苏的小说,而是抗议那些潜藏在西欧灵魂深处的反犹太主义、歧视人类的人道主义文学。"

老作家起身打开了房间角落里的木箱,从里面取出一个藤编的篮子放在鹰野面前。

"来,你把它带去吧,出版后让全世界去阅读,不过,请你不要公开作者的名字。我进集中营倒不在乎,只是不想让我老伴过于悲伤。"他朝着奥丽娅微笑着说,"多亏了这位姑娘,我才得以无愧于一个俄罗斯作家的死。你来得也正是时候。"

这时,隔壁房间传来了什么东西的响声。老作家和奥丽娅都惊得站了起来。他那惊惶的样子,那种似乎老年人不该有的异常的敏感,给鹰野以奇妙的感觉。他觉得自己看到了长期经历严酷时代生活的人所养成的可悲的习性。声响很快停止了,屋内重又恢复了宁静。

"没事儿,"奥丽娅说,"趁夫人没醒早点告辞吧。"

"关于版税和其他一些事……"鹰野一提,老作家便严峻地摇了摇头。

"那类东西全是无用的。我不曾写过它,我不知道有关它的一切,你也从未见过 A. 米哈依洛夫斯基,是吗?"

"是,"鹰野点头说道,"我不知道这部作品是谁写的,我从未见过米哈依洛夫斯基。"

他和老作家握了握手,同奥丽娅一起走出了房间。他的心为能见到学生时代就崇拜的文学家而热得发烫,犹如火焰在燃烧。

深夜的大街上,他告别了奥丽娅。回到饭店,只见圣伊萨克教堂的圆屋顶,在夜空中发出青白色的光辉。

连续两个晚上,鹰野在阿斯托里亚饭店的房间里,把那叠厚厚的稿纸一张张拍摄下来。俄文打字机打出的八百张稿子全用照相机照了下来。鹰野用三十五毫米微型镜头的照相机独自悄悄地工作着。这是项很不简单的重体力劳动,为了防止抖动,两个胳臂得使劲固定照相机,最后竟失去了知觉。照明灯的反射,使眼睛的视力也模糊了,他用那和香槟酒一起送来的冰块,给充血的双眼降降温,继续拍摄。

出国护照到期的前一天,米哈依洛夫斯基的书稿,已被全部摄入了二十三个微型胶卷。

鹰野按照外讯部长事先作好的指示,将胶卷盒交给了日本大使馆的T二等秘书。T秘书三天后将飞到斯德哥尔摩去休假,用他的外交特权,将这二十三个胶卷盒带到瑞典是并不困难的。

鹰野先从列宁格勒搭乘国际列车去芬兰的赫尔辛基,到第三天早上去斯德哥尔摩取胶卷,最后乘斯堪的纳维亚航空公司的飞机到东京就万事大吉了。

鹰野和奥丽娅最后的相会是在他离开列宁格勒的前夜。他把装有复制完的原稿的篮子还给她,这些稿子将由她去悄悄地销毁。

那一晚,两人坐在涅瓦河岸的台阶上,直待到黎明。鹰野暗想,这次碰不到奥丽娅的话,自己的工作必定会以失败告终。

"你到东京来吗?"鹰野问。奥丽娅使劲地摇头,奇怪地发出空虚的笑声。

"谁也料不到明天的事。"

分别时,鹰野决意提出了隐藏在心里的疑念。

"第一次在朗诵会场见到你时……"

"嗯?"

"你是突然用俄语和我说话的,而且,当我用俄语作答时,你丝毫不觉得惊奇。"

"你,这是什么意思?"

"你好像一开始就知道我会讲俄语似的。我用俄语回答时,对方往往会很惊异的,因为作为一个外国人,我能讲到这等程度当然算是很不错了,可是你却一点反应也没有。"

"得了吧,别扯这些了。"

奥丽娅的手臂勾住鹰野的脖子,做了最后的长吻。不知怎地,那是个冷静清醒的接吻,不像第一天晚上那么醉心。

这就是在列宁格勒的最后一晚。

6

这一年秋末,一本书的出版引起了世界新闻界的极大关注。

那是日本Q报社出版局出版的更改了题目的长篇小说。

它的题目叫《看那灰色的马》。作品的解说中说,作品是由一个换用别名的当代作家写成,由一个日本记者冒着危险,带到国外出版的。

日本出版一周后,英文版也出版了。瑞典有名的出版社亨利克·哈马博古书店出版的这部长篇小说,在欧美的读者中引起了巨大的反响。

十一月二十五日的《纽约时报》国际版上，以"来自冥府的证词"为题，发表了如下的评论：

"这是个选择俄国作为自己祖国的犹太裔俄国公民一家三代人的故事。继肖洛霍夫写出了生活在顿河河畔的人们的悲剧，帕斯捷尔纳克描写了苏联知识分子的苦恼之后，这部作品表现了俄罗斯文学的伟大性。这位换用别名的作家与上述二位大文豪的不同点只有一处：他要从更深处透视二位大文豪不想正视或拒绝正视的世界。

帕斯捷尔纳克拒绝接受诺贝尔文学奖，而肖洛霍夫却接受了。确实，苏联的文化界在朝着光明的方向发展，但是，如果要给这部作品授奖的话，究竟该授给谁呢？

我们衷心期待苏联文化界继续前进，做到使这部作品的著者能堂堂正正公布自己的姓名。"

西德的《明镜》周刊，还为这消息编了特集，并对小说的真正作者，进行推理猜测，做出了如下的结论：

"这部作品处处体现出人们对于悲惨命运的愤怒和与此相反的、欲从苦难中寻找幸福的内心渴望。从这种伦理的精神结构上去判断，只能得出这样的结论：它出于一个犹太裔文学家之手。他和普鲁斯特和卡夫卡尽管在外观上有所不同，但他们内涵的气质无疑是同一血统的。"

里约热内卢的奥·克尔捷罗杂志的报道，以浓郁的拉丁风格的笔触，杂谈式地追述作品发表的经过。"据本杂志得到的可靠情报，这部作品是通过一个勇敢的日本新闻记者之手带给自由世界的。由于担心真正的作者遭到迫害,他不愿作任何说明。我们不禁为他武士一般的行动鼓掌。据说,他还放弃了对这本畅销书应享有的一切金钱权利。美国出版界许诺,如他同意写出拿到书稿的经过,将支付巨额美元,但是他断然拒绝"。

《看那灰色的马》一书,在世界各国一再重版,除了英语的版本外,还有德、法、意等九国文字的版本。好莱坞的权威制片人 M. 琼斯还声明,愿以美国电影史上前所未有的投资,将此作品搬上银幕。

各种有关《看那灰色的马》的广告,通过电视、收音机等传播媒介,惊人地、巧妙地广为宣传,仿佛企图以全世界的新闻界为对象,掀起一场持久的宣传运动。这部作品就是如此有组织地、有力而飞速地遍布在整个世界之中。

7

《看那灰色的马》发行后三个月,又一个事件震惊了世界。

第二年的二月下旬,A. 米哈依洛夫斯基突然遭到逮捕的电讯传到了全世界。

据说被捕的理由是,这位有名的老作家用假名在国外发表了反苏长篇小说《看那灰色的马》,非法谋取巨额美元。

《看那灰色的马》的作者,原来是确有其人的苏联老作家的消息,使世界新闻界感到振奋,各种报纸都刊登了A.米哈依洛夫斯基的照片,还加了大标题。

处于兴奋状态的不光是整个宣传界,连平时亲苏的文人团体也开始行动起来,呼吁写作与出版的自由。

各国共产党机关报都谴责逮捕米哈依洛夫斯基一事,发起了一场包括从共产党人到宗教人士在内的国际性的签名抗议运动。

"积雪消融期过于短暂""重回斯大林时代""在苏联没有自由"等各种露骨地顺势开展的宣传活动异常活跃。

据报道,在进步的文化团体内,围绕着对米哈依洛夫斯基的评价问题,发生了分裂组织的争吵。

三月二日,莫斯科的英语广播播送了作家协会会员对这件事的解释。解释中说,《看那灰色的马》是受以往无政府主义影响而培育出的"一棵杂草",是一部夸大本世纪苏联革命和建设阴暗面的反苏作品。

正式审判前,苏联某机关报登载了他们所采访的当局的调查结果:"A.米哈依洛夫斯基在八月下旬的深夜邀请数名外国人到自己家里,一个外国人是抱着一个估计装有原稿的行李坐出租汽车离去的。此外,还有一名女性同行者。在这以前,他们曾多次访问过A.米哈依洛夫斯基。以上情况均由公寓管理人K.阿德拉兹基证实。

"室内搜查结果,在米哈依洛夫斯基住所的天花板里,找到了决定性的物证:长篇小说的复本,使用过的打字机和估计是外国汇来的数千美元的巨额美钞。另外还有瑞典出版社的支付证明,下一部作品的委托书和其他物证。

"但是,米哈依洛夫斯基对这些物证一概称作不知,并否认《看那灰色的马》是自己的作品。另外,发现这事件的线索来自一个市民写的举报信,而那封信的内容又是极其正确的。

"根据以上调查结果,监察当局认为,米哈依洛夫斯基的反苏罪行是毋庸置疑的。根据苏维埃共和国刑法第七十条第一项,决定起诉。第一次公开审讯定于四月十八日在列宁格勒市的维奥斯太尼埃大街三十八号小法庭进行。审判员萨维里夫。(以下略)"

临近审判,世界上各种团体和个人的抗议书信涌到苏联,他们一致要求重新考虑这一事件。自由世界中被认为比较进步的大报纸对此也进行了严厉的批评。英国《论坛报》发表社论,要求"停止令人费解的审判"。《新政治家》周刊警告说,苏联当局必须考虑,这次审判将使人们失去对苏联的信任。伦敦的《泰晤士报》发表了英、法、德、美、意的四十九名一流作家联名要求释放作家的请求信。

看来,面临四月十八日的审判,苏联已在世界大多数国家中处于孤立。

这时,鹰野正在与Q报属同一系统的Q广播电台报道部工作。他已被任命为报道部特辑专题节目的科长,可在实际上,计划编辑录音和成套节目等令人注目的工作,已经基本不在专题节目中安排了。所谓编辑工作,无非是用些交通安全宣传之类的节目来搪塞,这里是个年轻人很少、毫无生气的工作场所。他打算结束长期的单身生活,并已有了对象,开始考虑结婚。他变得沉默寡言,而且退出了工会,努力使自己成为一个不引人注目的人。

去年秋末,他搞来的原稿翻译出版后,鹰野一直感到有些不悦。他一向认为,米哈依洛夫斯基素来反对以耸人听闻的作品来取悦于读者。《看那灰色的马》随着庸俗的商业宣传成为畅销书,使他本能地感到厌恶。

当时,他通读了这部小说,受到了难以言表的感动。作品严谨的构思,绵密的细节,使他感到俄国长篇小说所具有的庄重和稳健,还有几段插曲,超过了一般泛泛的描写,使人产生一种深刻的真实感。

可是,读着读着,鹰野不知打哪儿产生了一种微妙的感觉。在这部作品里,过去米哈依洛夫斯基文学中一贯可见的东西不见了。他以往的作品里,总潜藏着一种虚无感,犹如一道黑暗的沟壑,使作品有起有伏。他的小说往往激动人心,而不是平淡枯燥。鹰野常被这种感觉吸引,大概可以说,这是过早地看透了不该看到的世界的人具有的一种无政府主义欲望吧。但是,在《看那灰色的马》中,却看不到这一点,有的只是明显的愤怒,对犹太苏联公民悲惨命运的强烈的抗议。正是这一点,使人深感作品超越了人种的界限,在人们的心中引起了痛切的共鸣。可不论怎么说,它与鹰野从少年时代就被深深吸引的米哈依洛夫斯基的作品相比,总有不同之处。他想,也许这位老作家只是个地道的短篇名家而已。

A.米哈依洛夫斯基的被捕,使他大受震动,但同时又觉得这是自己心中早已预料到的。

鹰野纳闷的是,老作家为何不宣布作品是自己写的呢?别的作家的秉性如何不得而知,他觉得文学家米哈依洛夫斯基一定是会承认的。可能是由于担心夫人吧。

但是,苏联当局的调查结果发表后,他陷入了极度的思想混乱之中。且不说原稿的复本和打字机,就是被发现的巨额美元和出版社的信件,他都是无法相信的。再说,那位证据确凿的举报者究竟是何许人呢?他还注意到奥丽娅的名字没出现过,鹰野一度难于摆脱这种混乱。可是过了一段时间,他决心忘掉这件事,希望这一切都是场噩梦。他感到只有这样才能摆脱威胁他生活的东西,因为他已经到了应该开始考虑自己生活的年龄了。

8

这一天十分寒冷,仿佛严冬又要卷土重来。那是四月的头一个周六,A. 米哈依洛夫斯基的审判,即将在半个月后进行。

开完报社的会议,鹰野回到自己的办公室。这时一个外国客人来找他。这是个面相和善、具有商人风度的胖胖的男子,穿着欧洲式的灰色西装,宽幅的领带打得像朵花一样。

见到鹰野,他脸上浮现出和蔼可亲的笑容,按日本习惯拿出了名片。"繁忙中打搅您,真对不起。"他的日语很地道。

名片是英语的,上面印着贸易公司的名字和他本人的名字:达尼艾尔·加那帕。看上去是个国籍不明、年龄不详的人。

"有什么事吗?"鹰野站在广播局的大厅里问道。对方微笑着若无其事地答道:"是有关米哈依洛夫斯基的事。"

鹰野悚然了:"那找我干什么?"

"您是应该知道的。"

"我不知道。"

"您是否跟我一起去走一趟,有个人想见见您。"

"拒绝的话行不行?"

"那也无关紧要,"自称达尼艾尔的人凝视着鹰野说,"不过这样,您对自己做过的事的真正含义,或许到死也不会明白的。对我来说,倒也不在乎,可我要是你的话,在这种场合是不会畏缩躲闪的。怎么样?"

鹰野思考了一阵,点点头说:"那就走吧!"他想,我使老作家卷入这一事件,自己也有责任,不管责任轻重,事到如今是无法回避的。这是理所当然的,一个人,最终无法逃脱注定的命运。

达尼艾尔是坐停在广播局门口那辆大型外国轿车来的。他坐上驾驶座位,让鹰野坐在一边。他开着车,用飞快的速度穿过了五反田,沿着第二京滨线路向横滨方向飞驰。

达尼艾尔握着方向盘,同刚才快活的贸易商人判若两人。他紧绷起圆滚滚的下巴,眯缝的眼睛里充满严峻的神色,连一点微笑的影子也没了。

"他或许是个军人吧,而且还是个校级军官。"鹰野暗忖,不管怎么说,他准是个苏联方面情报机关的人员吧。鹰野已暗暗地做好了精神准备。

"鹰野!"达尼艾尔两眼注视着前方,"去年夏天,你在列宁格勒与 A. 米哈依洛夫斯基会过面吧!"

"不,我没见过他。"

"你受他的委托,将他的原稿带到国外,交给了 Q 报社。"

"不,我不记得有这样的事。"

他不理鹰野的回答继续说着。

"我只想问你一句话,你接受如此危险的工作的真正目的是什么?是为了钱,还是地位,抑或是出于新闻记者的职业理想?"

"怎么说呢,如果我确实接受过那样的工作,那也许是出于我对于那位作家的好感。"

"就是嘛。他的作品你最爱哪些?"

"《来自敖德萨的人》《冻河》,还有《黄色的星》。"

"我也一样,特别是初期的短篇写得好,像《蓝色的马霍尔加》。"

"对对,那篇是好。"

达尼艾尔敏捷地超过了前面的轻型两用车,依然若无其事地问:"你带出来的那部长篇写得怎样?"

"不知道。老实说吧,那部小说和他以往的作品总有些不同。"

"看来你确实是个米哈依洛夫斯基的好读者。"达尼艾尔沉默不语了。

车子开进横滨市内,在靠近元町的一片高地上的一座古色古香的洋楼前停下。

达尼艾尔领着鹰野进了大门上到二楼,走进了一间只有桌子和椅子的空荡荡的房间,这间屋里几乎没有家具,像是一间传讯室。

"请到这里来!"达尼艾尔把鹰野叫到墙边,墙上挂着蒙克的《红房子和云杉》,那是个蹩脚的木框的复制品。

"你刚才说,你没见过米哈依洛夫斯基,是吗?"

"是的。"

"你说对了,那是真的,"达尼艾尔说道,"你并没见到过米哈依洛夫斯基。那么你见到的是谁呢?这倒是个问题。"

达尼艾尔注视着鹰野,鹰野也反目相视。

"好吧。"达尼艾尔嘀咕着伸出手去,推了一下蒙克的画,镜框便向旁边移去,里面露出一扇正方形的窗户。

"请你看看吧!"

鹰野把脸贴在正方形的窗户上,透过窗能看到隔壁屋的动静。正方形的房间里什么也没有,一个男子坐在椅子上面朝着他。一瞅他的脸,鹰野的膝盖突然打起颤来,一股无声的冲击力,如同呕吐物一样突然从胃底往上冒出来。

"米哈依洛夫斯基!"

鹰野一下子无法相信自己的眼睛。他用手指揉了揉眼睛,再次仔细看了看那男子,一点不错,那灰色的胡须,高耸的鼻子和紧闭的薄嘴唇,只有一点不同,他紧闭的嘴角病态似的微微哆嗦着,其他全都相同。低头坐在那儿的,正是那天晚上请奥丽娅帮忙见到的米哈依洛夫斯基,那个老作家现在就在这儿!

"这究竟是怎么回事?"

"明白了吧,鹰野!"

达尼艾尔怜悯地望着鹰野说:"你去见到的不是真的米哈依洛夫斯基,而是这个人。"

鹰野想说什么,却又不知如何启口,只是微微抖动着嘴唇。怎么可能有这种事呢? 达尼艾尔继续说着,声音就像在宣告刑期那样严厉。

"你面前的人是受某个国家庞大组织利用的可怜的波兰难民。你受到操纵他的组织的欺骗,到列宁格勒是和这个假米哈依洛夫斯基会见的。"

"竟有这等混账事……"鹰野低沉沙哑的声音吼道,"我是从照片上认识他的,这个人……"

"他接受过整形手术,是在美国医学院的研究室。那个庞大的组织集中了金钱、技术和政治力量给予他帮助。然后,他们让这个长相和米哈依洛夫斯基完全相同的人,在艺术家工作室里充分地训练演技,假扮作家,对他进行指导的就是世界著名的电影导演 R 氏。为了这项工作,他不得不辞掉在好莱坞的重大工作。"

"坐吧。"达尼艾尔指着椅子说。他倒背的双手搁在屁股上,摆出一个指导教师的架势,开始侃侃而谈。红色的领带在喉结上活像一朵花似的晃动着。

"将你引上钩的名叫奥丽娅的姑娘,起了诱导作用。她是犹太血统的苏联公民,深信父母之死是苏联政府造成的,所以才与西方组织合作。自从你踏上苏联的国土,她一直在盯着你并与你接近。"

"无法相信,"鹰野低语道,"这到底为了什么呢?"

达尼艾尔掏出香烟递给鹰野,鹰野摇了摇头。他屏住呼吸等待着达尼艾尔继续往下讲,脑海里重又清晰地浮现出列宁格勒之行的几个疑惑。

主动接近自己的奥丽娅,巧得不能再巧;她又是老作家的助手,而且经过她的劝说,那么顽固地拒绝会面的老作家竟然会欣然应允。但是,这一切究竟是为了什么?为了谁?达尼艾尔继续往下说:

"可以说,那只不过是美第奇以前就反复发动过的文化战争的一例。说实在的,我也可以说是干这行的专家。西方国家企图把'苏联没有自由'这种老生常谈的口号灌输给全世界。因为最近苏联经济好转,前途光明、社会趋于稳定。所以,西方打出的旗号是,无论多么富裕,共产主义就是没有自由。

"有个非常聪明的人,利用日本报纸作缓冲,想给这次行动增添真实的色彩。使用日本人,他们就不必承担直接的责任,日语中有'一石二鸟'这句话吧,就是这个意思。他们还巧妙地用一封信,把日本一个患癌症濒临死亡的俄罗斯文学研究家,与同年代的苏联老作家联系在一起。这个组织秘密组建了一个反苏作家小组,用美元换取他们提供有关苏联犹太人问题的资料,然后让这个小组用讨论的方式,写成了这部长篇小说。他们对米哈依洛夫斯基的文体、用词、比喻、会话都进行了详尽的研究。在这里，我们还不能忽视巨大的电子计算机的作用。这部冒充米哈依洛夫斯基的作品的基础，是一个犹太难民的无名作家所写的某一家庭的历史。这个组织买下了它，再请专业的作家小组补上细节。所以小说中的几处动人的情节，都是原作者写下的真实历史。作品的构思和文体的严谨，大概应归功于专家们的集体努力。毕竟那是要给人读的小说嘛。另外，日本的俄罗斯文学研究家东野秀行死后，这个组织把一封假信给了Q报的森村社论主笔。"

"那么说，社论主笔和Q报也受骗上当了吗？"

"你完全搞错了，最初想出这个庞大计划的头脑灵活的人正是你们的主笔先生。他在美国留学时，就和那组织发生了微妙的联系，他像爱下国际象棋那样热衷于制订这个计划。"

"难以令人置信。"

"信不信由你，不过，请你听我讲到底。"

鹰野一声不吭盯着地板，一只筋疲力尽的小飞虫停到一块有油渍的地方不动了。"我想听你说下去。"他对达尼艾尔说。

"被他们选中的有能力的理想的新闻记者就是你。事情的进行果然妙得无法想象，你会讲俄语，爱米哈依洛夫斯基的作品，又是个会轻易听信他人的好人。"

"别说这些了，往下说别的吧……"

"从莫斯科到列宁格勒，你在那个组织的监视下行动。

后来在列宁格勒对米哈依洛夫斯基的工作遭到拒绝,拒绝你要求的倒是真的米哈依洛夫斯基夫妇。他既没有写过这样的小说,在索契也不曾遇见过东野,所以拒绝你是理所当然的。随后,奥丽娅就主动地接近处于困境之中的你,而且巧妙地引诱了你。"

奥丽娅!鹰野合上眼,似乎又看到了那天晚上涅瓦河的流水。"好厉害!"他耳朵里响起了一声尖锐的叫喊,"深夜的公寓里,真正的老作家夫妇熟睡了,那是麻醉专家们的杰作。他们乘此机会在房间的天花板里隐藏好美钞、书稿复本、打字机、出版社的书信物证。然后把屋内搞得昏昏暗暗的,让这个假的老作家、波兰人坐在书斋前,万事俱备地等待着迎接客人,这时,这出戏的男二号——你,由奥丽娅带领着登场了。真正的作家夫妇,就在隔壁的房间里呼呼大睡……"

隔壁房间里发出响声时,奥丽娅和老作家异常敏感地站起身来的情景,又清晰地浮现在鹰野的脑中。

"演技是完美的,大戏按照剧本继续演下去。你感激地拿着稿子回去了,并通宵进行复制,然后把胶卷交给他人带出国外。"

鹰野的眼里跳出一匹灰色的马,随着达尼艾尔的说明,马背后的浓雾消散了,可以鲜明地看到炫目般深邃的裂缝。

"接着,Q报出版了那部作品,它随之便成了畅销书。在世界各地都一样。这当然由于暗地有组织地进行了推销,他们终于达到了目的。于是他们着手竣工了。在他们的策划下,举报米哈依洛夫斯基的工作精确地进行着,人证物证一切俱备,证明米哈依洛夫斯基是有计划的犯罪,他被逮捕是势在必行的。因为他被当作一名他根本没写过反苏小说的可耻的原作者来对待了。"

鹰野静默地听着,现在他能做的,只是用缄默来挨过眼前的时间。

"至于这以后开始的漂亮的宣传活动,你都知道了。今天华沙的斯维阿特杂志上也刊登了批判苏联文化政策的报道,连东欧内部也这样做了。因此,他们要煽动'苏联没有自由'的目的,已完全获得了成功。全世界都拭目以待地注视着对米哈依洛夫斯基的审判。"

"那个组织是美国中央情报局吗?"鹰野问。对方摇了摇头:"那倒不是。"

"它不是一个国家的情报机关,而是全世界自由主义阵营联合起来统一组成的一个国际性组织,当然,日本也是其中一个强有力的成员。"

鹰野凝视着达尼艾尔,他立即领会了鹰野的意思。

"我是反对这种阴谋的专家。这次事件里,举报的正确程度、证据的过于完整使我抱有疑问,我一直在追踪从加莱里亚逃到大不列颠岛的去向不明的几个外国人的行踪,从斯堪的纳维亚飞到阿拉斯加,又从旧金山飞到东京,好容易在东京捕到了隔壁房间里的人,他被送到日本藏在某个国家的大使馆里。以他的交代为基础,我彻底弄清了这个计划的一切步骤,它确实是具有世界规模的大作品。"

"奥丽娅,她怎么啦?"

"听说那姑娘出发到赫尔辛基之前自杀了,理由不清楚。"

"那我该怎么办呢?"鹰野说,"我是否该去证明真正的米哈依洛夫斯基是无罪的呢?"

"最初我也是这么打算的,我想把你和这个人作为证人,去揭露对方的企图,反过来打击他们,但是现在已没有什么再需要你做的了。"

"为什么?"

达尼艾尔眼睛蒙上了阴影,他双下巴上那道严峻的横沟,陷得更深了,话语里充满着无法抑制的愤怒。

"米哈依洛夫斯基本人拒绝了我的请求。我说愿拿出自己调查到的全部资料,并依据这些材料为其辩护。他断然拒绝了!"

"那又是为什么呢?"

"我专程飞往列宁格勒进行调查,但他对我说,那部作品他是应该写的。他说,'我这次才读到这本谎称是我写的作品,作为一部文学作品,固然有其不足之处,然而,书里却有着几件明显的事实,这就是我们文学家们闭着眼睛视而不见的一部分事实。如果没人写这部书的话,它本来就应该由我来写的。'他还补充说了这么一句。"

达尼艾尔中断了谈话,向窗外望去,然后,慢慢吐出米哈依洛夫斯基说的话:

"我没有写过这本书,但是,正因为这个缘故,我这个俄罗斯作家才应该受到惩罚。"

鹰野重复着米哈依洛夫斯基的话。

——我并没有犯过那种罪行,但是正因为这个缘故,我才是个罪人。

这是米哈依洛夫斯基作品《来自敖德萨的人》的主题。真正的米哈依洛夫斯基的思想就在这里。鹰野凭着自己的直觉理解了老作家的想法。

"不知审判的结果会怎样?"

"这将取决于我提不提出这些调查资料了。提出的话,当然,他是无罪的。"

"但是,"他用手绢擦着额上的汗水,"我被命令说,不要提出这些资料和认证。"

"命令你的人是谁?为什么?"

"无可奉告。不过,其中的奥妙我也明白,如果我提供资料和证人,审判结果证明他是无罪的话,结果又怎样呢?那些说米哈依洛夫斯基的文学作品从初期就在本质上具有反苏倾向的作家协会,党内的大人物,广播、报纸的权威将如何表现?他们的信用又会受到什么影响?"

"不,这跟那些没关系。"

"有关系的,这就是政治。如果就这样定米哈依洛夫斯基有罪,损失的只是一个作家,但如果定他无罪,则会使整个苏联文化界威信扫地。也许这才是那些家伙们隐藏着的真正的目的。让我如此轻而易举地在东京逮住这个人,难道不也是为这个目的吗?对方对付我的手段是令人心怵的,无法逃脱,这种用心险恶的手段又是很巧妙的,甚至可以说是很有艺术的。随着事件的发展,内部的动摇和矛盾也相应暴露出来。"

"无法逃脱的手段。"鹰野反复念叨着。这是以自由这一观念为诱饵而设下的一个全球性的圈套。

达尼艾尔以深沉而又悲伤的语调自语道:"我现在必须去处置那可怜的波兰难民了。"

"我呢?"

"随你的便吧!"两人站立着,相对无言。鹰野告别了这位以兴高采烈开头,以灰心沮丧告终的职业情报员,走出了房间。

屋外,四周的树林间暮色正浓。"他会如何处置那个波兰人呢?"鹰野想着想着,却又不愿再想下去。他又回忆起奥丽娅那灰暗的目光和远处的钟声,可又不愿再回忆下去。他来到元町街叫了辆出租汽车,向樱木町街驶去。傍晚的港口城市里,充满着西洋情调的悲哀气氛。在混杂的交叉路口汽车停住了,鹰野无意间抬头一看,大屏幕上的新闻猛然刺向他的心间。

"要求判处×××七年徒刑。明天关东地区天气阴雨转……"

鹰野从开动的汽车车窗里想再确认一下刚才的消息,那一定是当时国内常见的犯罪消息。渐渐远离的蓝色电流一个劲儿地在空中白费劲地报道着今夜棒球比赛的结果。

"火葬啰!"

"今天火葬啰!"

一度不曾听到的这种叫喊声,突然在鹰野的耳边响起。声音从一群灰马的背后传来,马群驰骋在新闻前方遥远的没有星光的夜空之中,仿佛在预告世界的明天。

红场的女人

1

莫斯科饭店是座宏伟的建筑,由于过于富丽堂皇,以至于让人觉得它并非饭店,更像是一家古老的大银行,或者是政府机关大楼。

饭店的十五层楼有个利于眺望的咖啡馆,名为"莫斯科明灯"。

"在这儿瞭望莫斯科的夜景,可不赖呀!"朝见说,"当然,霓虹灯不像东京那么处处泛滥。"

"还是这儿好,"我说,"红灯蓝灯的璀璨已受够了。我是想逃离那种地方,特地来到莫斯科的。"

这是六月初一个晴朗的礼拜天的下午。我们在靠窗的桌边喝着葡萄酒,不知道这酒的品牌,金纸包裹着瓶盖,口味相当不错。打开着的宽敞的窗户里,吹来初夏舒适的凉风。

我昨夜刚刚抵达莫斯科,乘坐图-114飞机一口气长途飞越西伯利亚的劳累,使我今晨完全睡过了头,因此没能赶上国营旅行社的观光巴士。一个人又不敢独自上街,便到服务台请人帮忙给朝见打电话,让他来饭店。朝见是我的老朋友,作为某一流贸易公司的派驻人员,两年前来到莫斯科。

"你一点儿没变,凡事不好好规划一下。到莫斯科来没问题,为什么不事先和我联系呢?难道电视台工作的人,都是这么干事的?"

像以往一样,他虽然在电话里就唠唠叨叨地抱怨起来,不过还是立马赶了过来。从学生时代起,他就是个嘴碎心善的人,正好与我相反,是位性格开朗的活跃分子。

我俩一起在自助餐厅吃完午饭,来到了十五层的咖啡馆。

"可你这一次的旅行目的是什么呀?看上去并不像是采访嘛。"

"不是说过了吗,我是从东京逃出来的。"

"这么说我可不明白。"

"别介意。"只要我想让他明白,也许并不难做到。可是,那又会如何呢?这一年来,作为电视台当家节目的制作人,我硬挺到心力交瘁的地步。这些苦水,对于搞贸易工作的他而言,完全是不相干的。何况,当那个节目终止之时,我已陷入极其萎靡不振的境地,甚至需要做精神分析治疗,这对他来说,亦非什么有趣的话题。

"东京太忙了!"我以自嘲的口吻对他说,"我需要休养,我想在这个国土宽广辽阔、国民悠闲豁达,反正与东京迥异的国度休息一个月。要将什么收视率、赞助商和女人统统忘掉!"

"原来如此。也就是说,你如愿获得了一个月的休假?够奢侈的。"

"不,我决定只休两周。"

"为什么?"

"要离开电视台录制现场一个月,老实说还是放心不下,会落伍掉队的。"

朝见以怜悯的目光看着我嘀咕:

"有道理。在东京也不安,不在也不安啊。你这家伙是需要休养了。"

他举起右手,朝呈现在窗前的莫斯科大街画了一条大大的弧线。

"瞧瞧,你眼下俯视的是具有八百年历史的半个莫斯科市。鞑靼人、拿破仑、希特勒都尝试统治这个国家,均失败而归,成为黄粱美梦。嘿,那就是马克思大街,接着是克里姆林宫,左侧就是红场,是通过运河连接五海的大俄罗斯的心脏。我觉得列宁格勒的确是个美丽的城市,但是,那是欧洲的博物馆呀。而莫斯科才是活灵活现的真正的俄罗斯人的城市,它年轻,充满了活力。你该饱吸这儿的空气后回去。哪有因为在世界的某个角落搞搞电视连环画,就紧张得神经过敏的事啊?"

"一成不变的是你呀!"我想这么说,却闭上嘴未吭声。眼前澄澈空气笼罩下的初夏的莫斯科,的确有着东京感受不到的氛围。这种氛围,使朝见的大时代式的演说,并不怎么令人感到滑稽。克里姆林宫垛口的鲜艳的红色、沁人心脾的满目新绿、凉爽惬意的空气,再加上美味的葡萄酒……

我预感到:长时间让我不胜烦恼的忧郁状态,兴许这次能够得以摆脱。

当天夜里,我和朝见一起在饭店的餐厅里喝干邑白兰地。弹跳在齿间的细小颗粒状的高档鱼子酱,令我产生了几分幸福的心情。

"累了吧,今天是高度强行军。"朝见笑着说。

下午,离开咖啡馆后,搭上他的车匆匆参观了莫斯科。我对于风景和名胜古迹并不怎么关心,因此,只是在外观上看了看克里姆林宫、国民经济博物馆和莫斯科大学。我想细看的是人。在未来滞留的两周时间里,我想乘坐地铁,泡大众浴场,看马戏表演,逛集市购买水果,站着畅饮格瓦斯。可能的话,再交上几个俄国朋友,还期盼与俄国姑娘一起跳跳摇摆舞。

"今天的所见,最叫人惊讶的地方就是这里,"我说,"我以为餐厅就是饭馆,这分明是个夜总会呀。规模宏大!"

"有什么好惊讶的,只要把这儿当作吃、喝、舞、乐的地方就行。这儿既不是特权阶层的专属地,也不是正装领带才可进的地方,当然,进来要用卢布。你不会误认为俄国人是讨厌好酒、音乐和美人的人种吧。"

这是一间有古典雕刻装饰的漂亮的大厅,天花板上的枝形吊灯放射出华丽的光彩。男侍者胸前捧着一大摞银盆小步快跑,身着黑礼服的老绅士带着一看就像女演员的美女,一个美国青年团穿着色彩鲜艳的上装,在靠墙的桌边举止端庄地抿着啤酒。

音乐变了,正面的舞台上,乐队演奏起美妙的桑巴舞曲。餐厅正中的地面上,一对观光客情侣踏着正宗的桑巴舞步,跳了起来。

十点已过,餐厅里的气氛更加热烈起来,显得嘈杂喧嚣。餐桌上咸鲑鱼籽发出金色的光辉,盛有热气腾腾的俄式烤羊肉串的餐盘与碰杯的声响交织,年轻姑娘的笑声,次中音萨克斯管伴奏的合唱朝气蓬勃……

"喂,跳舞吧!"

朝见使了个眼色小声说:"你看那张桌子上的女人们,她们是专找旅行者玩乐的小姐。碰巧的话,说不定会有一场意想不到的日苏亲善活动呢。"

"今夜就免了吧。我正因社会主义国家的夜晚感受冲击呢。"

"明治维新已有百年,俄国革命也五十年了。苏联也在不断变化。这是理所当然的,革命也罢,战争也罢,统统成了过去。日本不也一样吗?"

"是啊。"

我并不十分清楚,却不能不相信已经在莫斯科住了两年的朝见的话。他很得体地穿一身缝制精良的藏青色服装,肌肤经太阳光照射显得健康,具有能干的外贸人士的强健体格,浓黑的粗眉下,有一双机敏锐利的眼睛。

他的身上,已经没有了以往日本人一见到老外就有的德行:要么一下子变得卑微,要么过分的傲慢。面对俄罗斯人时,他举止谨慎节制,且表露出相当自然的自信和沉着。与我同为二十九岁的朝见,可以说是一位新型的国际性日本人才。

"看表情,对我说的有点儿不以为然哪。你基本上还属于过去那种爱讲大道理的老派日本人。"

"好吧。"他点点头起身,穿过饭厅,朝对面的桌子走去。那张桌子旁边,一群身穿棉制西式裤子和短袖衬衫、打扮与众不同的年轻人正在热烈地闹腾。

他们的喧闹在客人中引起注目。美丽的金发,尽是些充满朝气的活泼青年,个个光彩照人,相当幸福,摇摆舞跳得出类拔萃。那不是成人们摩擦干布式的舞姿,而是膝盖关节都伸缩自如的俏皮的舞蹈。

朝见与他们聊了二三句,轻轻举起手返回了座位。

"正如我的判断,"他边坐下边说,"他们是来自德国的大学生。"

"是德国人?"

"是的。我介绍说自己是日本人,他们只是面面相觑。日本是我们过去的同盟国,下次再打仗不要带意大利参加之类的话一句也没讲。"

随后,他点上一支美国香烟,缓缓说道:"第二次世界大战中苏联付出了两千万人牺牲的代价,基本上都是被纳粹德国干掉的。光是列宁格勒,普通市民就死了六十五万。德军一度推进到距莫斯科二十五英里的地方。德国占领军在这个国家造下的孽罄竹难书。两千万人被杀害啊,就是那些坐在桌边吵吵嚷嚷的大学生们的父亲、叔叔伯伯们干的!"

我记得,学生时代读过华西列夫斯卡娅①的小说《虹》,通

---

① 华西列夫斯卡娅(1905—1964),苏联女小说家,生于波兰,用波兰语写作。另有《黎明》等作品。

过小说和电影,我多少了解了德军在苏联的所作所为。

"你瞧瞧,那些出生在战后的德国人。他们身上完全没有一点儿自卑感,俄国人也是一副若无其事的表情。我们不也一样吗?苏维埃诞生之时,日本军队也出兵西伯利亚,你现在全无感觉吧?我们已经忘却,对方也不记得了。这事都一样。你想了解俄国革命,请去高尔基大街的革命博物馆,若想吃美食,就去阿拉湖①吧。"

我缄默无语。朝见的话,与其雄辩的语调相反,隐匿着某种苦痛的情感。我在琢磨,那是什么呢?

"明治百年、革命五十年、战后二十年……"朝见独自喃喃自语,"所有一切都成为过去,不能永远拘泥于过去,你说是吗? 也就是说……"

节奏感强烈的布鲁斯旋律响起,朝见咽下了话头。

呀—嗬!怪怪的叫喊声响起,几个德国青年冲出来,甩动美丽的金发,和着激烈的音乐节奏抖动上半身,活像一群野兽。稍远处的桌边传来了鼓掌声,是刚才朝见所说的陪老外玩乐的小姐们。其中的一位扭动着超短裙包裹的身体曲线,加入了跳摇摆舞的队列。

"这样才好,过去是过去,现在是现在……"

朝见小声嘀咕。我觉得这位能干的外贸人士的侧脸上,显露出一丝阴暗、忧郁的神情。

---

① 莫斯科著名的餐厅。

2

次日早晨,我被电话铃声闹醒。只有八点半,强烈的阳光透过窗帘照进屋来。

电话是朝见打来的。

"今天我有工作,不能陪你了。"他单刀直入地说道,语调一如既往地干脆利落,"不过,帮你找了一位能干的导游相陪,快做出发的准备吧!"

"别,别那么为我操心。"我说。

我打算今天单独转转,漫无目标,去看看平日里的莫斯科。有人陪同,反而会受拘束。

我说了这层意思,电话那头的朝见发出了轻轻的笑声,接着揶揄道:"你确定? 别后悔莫及哟。"

"什么意思啊?"

"我为你安排的导游三围尺寸是95、60、90,知性大美女,英语流利,日语会两句,很不错的姑娘哦。"

"请稍候。我马上洗脸穿衣。"

"真是个缺少自主性的家伙,要为日本的将来多想想!"

朝见笑着说,九点去红场碰头。红场的一头有一个洋葱头的彩色教堂,教堂跟前的左侧有一道圆形石头围栏,你站在石头台阶上等待就行。

"她的名字叫柳芭,衣着合体舒适,一眼就能认出。反正,她会先找到你的……"

在电话挂断之前,他稍事犹疑后又说:"补充一句,你可别去勾引她,那是没用的!"

"为什么呀?"

"柳芭已经和我定婚了。"

"见鬼!我一猜就是这么回事儿。"

不过,一放下话筒,我赶紧做起出门的准备来。我仔细地剃去胡须,整好头发,一度穿上西装,又脱了下来,换上了浅驼色的粗绒线衫,再穿上发白的宽松长裤,轻便的鞋子,往口袋里塞进一些餐券和卢布纸币,走出了房间。

天气晴朗,空气凉爽。从饭店到红场,步行不到五分钟。过了十字路口,只要沿着宽阔的大街直行就成。从博物馆边上走过,石子路广场一下子展现在眼前,那就是"红场"。

我站在红场的入口处,打开了导游图。右侧的红墙,当然就是克里姆林宫。左手边庄重的美术馆风格的建筑,是国营百货商店。广场尽头耸立着朝见所说的洋葱头教堂——圣瓦西里大教堂。

圣瓦西里大教堂是一处给人奇妙印象的建筑,它色彩缤纷的塔柱好似童话中的城堡,上面架着宛如宇宙观测气球似的珠宝形屋顶,与其说是建在地面之上,毋宁说是悬浮在半空之中,让人置身于白日梦中。

我径直横穿过洒满阳光的石子路面,经过列宁陵墓,来到伊凡大帝钟楼塔前,看到了左手边的相约地点。那是一个巨大的圆形石围墙,正中是台阶,上面还安有铁栅栏。

查阅导游书,知道这儿原来是个行刑场。从前,在这儿宣读了沙皇的判决,随后执行死刑。1671年斯捷潘·拉辛①就是在这儿被砍掉脑袋的。

我站在阶梯上,等待95、60、90身材的导游出现。

不一会儿,到了九点,向四下张望,并没有看到类似的姑娘现身。钟楼的沙皇大钟指针指向九点,我阅读了导游书上的文章。这口大钟重达二十五吨,直径约六米,短针2.97米,长针3.28米,极富魅力。

这时,有人叫了我的名字。抬头一看,一个年轻女性站在台阶下。确认之前,我立刻知道她就是柳芭。如此迷人的姑娘,实在并不多见。

她抬头看着我,像是在征询意见。姑娘亚麻色的头发,淡蓝色的明眸,溜肩长颈,体形极佳。仿佛是在成熟女子的身上安上了一张少女的脸,给人以一种不甚和谐之感。她身穿白色的运动衫,可肌肤比衣服更显白皙,约莫二十五六岁。

"您是朝见先生的朋友吧?"她用漂亮的英语问道。

"是的。你就是柳芭小姐?"

"迟到了,对不起。"

"哪里。"

我步下台阶,笑着合上了导游书,"托你的福,我记住了沙皇大钟的尺寸。"

她默默地微笑,那笑容温馨地沁入我的心扉。倘若不知

---

① 斯捷潘·拉辛是顿河流域的哥萨克农民起义首领,1667年率农民起义军席卷里海伏尔加河下游一带。1670年遭政府军镇压。

道她是朝见的女友,我准会踩空脚下的石阶的。

3

柳芭是一位出色的导游,她肯定一眼就能看穿我是个相当乖僻别扭的人。

"我觉得您应该去罗马或巴黎,不会是搭错了飞机吧?"

听了我提出想去造访的地方,她语调惊讶地说。但是,她并没有拒绝带我去那些地方,只是目光和蔼地瞪了我一眼说,"拿您没办法。"

那一天,我们俩转了三家咖啡馆,两家百货商场,去了动物园和赛马场,品评了流行的服装款式,站着品尝了冰激凌。在赛马场,我输得很惨,因为我听从柳芭的建议,买了她推荐的"加加林1600赛马车"。这才知道,应该像俄国观众那样先购买预测单进行一番研究才行,否则非输不可。

柳芭对输惨的我感到惊讶,然而,她自己却乐不可支。

要去乘坐莫斯科河里小汽艇的是柳芭,在高尔基公园挑战国际象棋棋手的也是她。利用无轨电车和地铁,我俩在莫斯科市内随心所欲地到处闲逛。

夜里,我们在高尔基大街上的"青年咖啡馆"跳起了摇摆舞。柳芭的舞技不怎么样,但是,由于喝了捷克啤酒的关系,她脸颊绯红,那风情十分难得一见。

离开咖啡馆时已将近十一点了,我们沿着高尔基大街,又回到马克思大街,来到了大剧场跟前。白色的剧场前面种有繁茂的紫丁香花丛,设置了长凳。

"坐一会儿吧,"柳芭说,"走得太久了。"

我们并肩坐下,四周被成串的紫丁香花的浓郁香味笼罩着。

"今天太愉快了,多亏了你。"我说。

"我也很快乐。"

"我觉得我们只顾沉溺在玩乐之中。"

"您那是什么意思?"柳芭问。

我有点儿结巴了,用英语该如何巧妙表达呢?一时想不出合适的语句来。

"我还没有打听过你的情况,关于你的年龄、工作和家庭……"

"我也不了解您的情况,只知道您是朝见的好朋友,来自东京,如此而已。"

长凳前不断有行人走过,手捧花束的姑娘们,还有边走边弹奏吉他的青年。虽说已是六月,却依然感到凉飕飕的。我们开始慢慢交流起各自生活的信息来。

我了解到柳芭在一家流行服装店当设计师,去年暑假里在敖德萨与朝见相识,半年之前,朝见向她求婚。

"朝见说你已经与他定了婚。"

"不,我应该已经拒绝了他。"

"为什么呢?与外国人结婚不放心吗?或者有什么法律上的……"

"那倒不是。"

柳芭摇着头抬眼凝视着我,长时间默不作声。大剧场方向照射过来的灯光中,柳芭轮廓清晰的面庞格外白皙。那是一张非常稚嫩、柔弱、感觉随时会破碎的脸。

"朝见先生和我是不同类型的人。"

"不同类型?"

"是啊,正好相反!"

柳芭转移视线,低声自语。

"他是个绝不向后看的人,总是试图向前。我做不到,任何时候,我都忘不了过去。也就是说,我是个消极退缩者。"

"此话怎讲?"

"他说我过于拘泥于过去,他无法理解我无法摆脱的过去。而且,我也无法理解,他果真相信过去是能够忘却的吗?一对互相不能理解的男女,能结婚吗?"

"只要相爱……"

"那就谈不上是人类的爱……"

我沉默了。在"青年咖啡馆"跳完摇摆舞后就应该向她告辞,要是那样,一个浪漫的莫斯科假日就可以完美收场了。

紫丁香花的香气与柳芭郁闷的嘀咕,慢慢渗透了我的心情,这是个不好的前兆。我可是为了摆脱这种心境才来到莫斯科的呀。

"叫个出租车送你回去吧,"我起身说,"夜间的大剧场和紫丁香花,在这样的背景下相处是危险的。这氛围会导致我诱惑好友的情人。"

"真是个有趣的人。您究竟看重哪一边?是过去,还是未来?"

"只看重现在,像此刻这样。"

说着,我揽过柳芭的肩头,在绿荫下吻了她。一开始她略有抵抗,随后突然不动了。她的乳房使劲抵压住我的胸膛,那是一对颇有触感的、丰满的乳房。

"别人在看着呢,"柳芭的身体离开后说,"再走几步,我们告别吧。"

我们来到莫斯科饭店旁边,从这儿抬头望去,克里姆林宫白天威严的表情融化在暗夜之中,如幻灯中的城堡那么美丽。

"到今天上午会面的地方再分手吧。"

"真是个多愁善感的人。"

柳芭拉起我的手朝"红场"走去。

广场上已经空无一人,我们冲着圣瓦西里大教堂的洋葱头塔柱笔直前行。

右手边是伊凡大帝钟楼的黑影,我们来到上午等待柳芭的石围墙跟前。

"那么……"柳芭伸出了右手,我们握住手,互相对视着,不由得笑了。

"遇到朝见先生……"她郑重其事地说,"请您转告他,我最近将返回乌克兰的农村,可能不会再与他见面了。"

她接着说,自己必须回去,"那里有着我的过去。为了摆脱那时的记忆,我才来到莫斯科的,不过,还是不行。"

柳芭轻轻扬起右手,横穿过广场,沿着克里姆林宫的围墙走去,消失在莫斯科河的方向。我再一次朝围墙内的斯捷潘·拉辛被斩首处看了看,随后走回了饭店。

4

图-114飞机在琉璃色的天空中展翅飞翔,从飞机的圆形舷窗俯视,西伯利亚的密林就像黑青色的斑点。舷窗的边缘处,出现了冰状的花纹。

我喝了一口朝见在机场送我的埃里温干邑白兰地,倚在座椅上,努力回想与他的会话。

昨天下午,我向朝见转达了柳芭的话。我们像到达的第一天一样,坐在十五层楼的咖啡馆里。

"是嘛,"朝见嘟囔了一声,"回去啦,回乌克兰。"

我稍稍迟疑一下后问他,柳芭的过去发生过什么。朝见默默地从窗户里眺望着莫斯科的城区,过了一阵,他开腔了。

"二十多年前,德军占领乌克兰时,柳芭才六岁。她所居住的村子里,有不少犹太人。德军来村里抓捕犹太人,要将他们斩草除根。当时,柳芭的双亲把一家犹太人隐藏在山谷树林的墓地中。德军有所察觉,柳芭的父亲被当众拷打。她母亲还是没有说出隐藏地点,但是,六岁的柳芭哭着叫住德军军官说,那些人躲在十七号墓地!救救我爸爸!"

我不想再听下去了,可是,朝见不带抑扬的声调在继续。

"那家犹太人被发现后带走了,他们再也没有回来。柳芭的父亲被释放了,但是他参加了游击队,好似自杀一般地死去了。村子里的人没有指责柳芭,可她长大后就离开了乌克兰来到莫斯科。她在流行服装设计方面发挥了才能,长得又美,男人们都喜欢她。然而,柳芭怎么也不肯结婚,她被二十多年前的过去拖曳着,放弃了属于自己的未来。"

我合抱双臂紧盯着朝见。或许感受到我的眼神中有谴责他的意味,他脸色铁青,语气激烈地说:

"你认为哪个个人和国家会没有过去?那是不可能的!存在的只有是否拘泥于过去的差别而已。"

"过去是过去,现在是现在啊……"

"那当然。为了在国际竞争中胜出,有必要进行明确的判断。"

"那柳芭的事怎么说?"

"已经是昨天的事了,与我无关了。"

"你撒谎,"我自言自语,"说不定哪一天你会遭到昨天的报复的。"

我好像睡着了一阵子,天空的颜色像海底一样,变成了暗蓝色。机翼下是一望无垠的云海,云海的那一端,东京在等待着我。牢牢附着在我身上的忧郁又开始慢慢抬头了,我感到埃里温美酒的醉意。我既没有柳芭那种必须回去的过去,也不相信朝见那种应该赌一把的明天。我在思忖:自己究竟该去何处?

在巴尔干的星辰下

1

走出机场的候机大厅,就看到漂亮的白杨林荫道。地面濡湿了,空气冷得令人起鸡皮疙瘩,雨水多半是停了。

类似农村文化馆的机场建筑前有个小广场,几辆老旧的出租汽车在等待乘客。

"出租车!"我高高地举起手提包招呼出租司机。一个留着邋遢胡子的年轻司机见了,毫无表情地摇摇头。

"怎么,不去呀?"

我用日语喃喃自语,放下行李,在站前的长凳上坐了下来。

在保加利亚的首都索菲亚的第一步就这样开始了。即使是恭维,那也谈不上是个国际机场,却给我留下了欣慰的好印象。田园牧歌式的机场、纯净的空气与围绕广场的鲜绿树林,都使人身心愉悦。

我很疲惫。我是为了离开被示威游行和罢工搞得不可开交的巴黎,到保加利亚做短期旅行,才来到这儿的。我已在巴黎的事务所干了五年,明年将返回东京的营业部。在日本待上一段时间,一定会再次被派往海外。不过,恐怕不会是欧洲。我曾经想过,回国之前,在欧洲的一个宁静的城市度过几天短暂的连休假日。从巴黎到保加利亚是一飞即到的距离，带上换洗的衬衫和袜子，外加一本小小的诗集，我搭上了苏联制造的喷气式飞机。当年学生时代就具有的对于闲散自由旅行的乡愁，让我制订了这一次的旅行计划。

"对不起。"

身后突然传来一个男人的声音，因为冷不防听到了日语，我吃惊地回过头去。

一位魁梧的中年日本人站在那儿。他身穿一套雅致的、做工考究的花格西服，提一只古奇牌大旅行箱。一副宽边淡茶色的太阳眼镜，使他的容貌更显出男性的健美，给人以洋溢着知性气质的高尚都市人的感觉。

"您是日本人吧？"

"是的。"

对方松了口气，眉开眼笑了。"去索菲亚市内的出租汽车上哪儿找呀？"

"哟，我也正在想这个问题呢。"

"听说那是已被预约的出租车吧。"

他指着停在广场上的二三辆车子问。

"这里的宣传广告中热情地说要优待观光客，可实际上并不亲热，问讯处里一个人也没有。"

"您从哪儿来？"我边点着香烟边问。在海外的贸易公司干了五年，我显得沉着镇定。

"从布加勒斯特来，一小时之前就到达了。"

"是嘛。"

我给他敬烟,"罗马尼亚怎么样?"

"嗯,算是一个不错的地方。"

对方轻轻地点着头,抽取一支烟。"谢谢!"

"这儿可真安静,"我向清澈、冰凉的大气中喷出紫色的烟雾,"感觉真正来到了欧洲的乡村。"

这时,只见一个女人从候机大厅里走出来,穿过广场,朝我们走来。她身穿一套价格不菲的套装和平头鞋,是位中年妇女。容貌算不上特别美丽,看上去头脑灵活,又有几分忧郁的表情。皮肤白皙,额头宽绰,头发像西班牙女人那样扎在脑后。

"怎么样啦?"她小声问我身边的男子。

"这位先生也在等待出租汽车。"说着,他又补充道,"是我内人。"

"啊,您好!"我点头向她问好,"我叫矢岛。"

"真是失礼了,"对方赶紧取出名片递给我,"未及时通报,我叫宗谷。"

名片上印着的头衔,是距东京较近的地方城市女子大学的副教授。

我没递上名片,只讲了供职的贸易公司的名称。

"啊,原来如此。难怪您那么镇定,驻外时间很久了吗?"

"五年多一点。"我回答,又补充说,不久就要回国了。

"我去问问那位司机。"

让他们两位等着,我朝停在广场角落处的车边走去。

我用法语搭话,对方没有反应。看来,说英语他也不会懂。我放弃了,从怀里掏出刚刚兑换好的列弗纸币,递到司机眼前。

"去巴尔干饭店。"

巴尔干饭店?司机反问。我点头表示肯定。他歪着头用手指挠一下后背,突然伸出手打开了车门。还做了个请上车的手势。

我扬手招呼站在广场那头的两位。

"这辆车同意去。"

男士提着一只很大的猪皮包,小跑而来,女的则跟在他身后,仰望天空似的转过头慢慢走来。

"哎,太好啦。为什么刚才不同意载我们走啊?"

这是一辆苏联制造的老式伏尔加牌汽车,一加速,好像立马就会散架似的。我坐在副驾驶位置上,为他俩提供了后排的座位。

"你们到哪儿下榻?"

"说是里拉饭店吧。"

"矢岛先生呢?"宗谷夫人问,她沉着从容,以平和的目光注视着我,仿佛在这个国家已住了很久。夫人的大眼睛炯炯有神,薄薄的嘴唇,几乎没有化妆过的痕迹。眼角处稍有几道皱纹,肌肤柔韧,富有光泽。

"我打算住在巴尔干饭店。"

"您没有通过国营旅行社预约吗?"宗谷夫人问。我摇头回答说,我想随意旅行。

"可是,保加利亚是属于共产圈的国家呀。"

"是的。不过,不是像苏联那么麻烦的国家,连签证都不需要。"

巴尔干饭店的名字是听一位到索菲亚旅行过的朋友介绍的,我只知道那是家大饭店,位于市中心。

我指着后排的两位对司机说:"到里拉饭店。"又敲敲自己的胸口说,"到巴尔干饭店。"

"OK!"司机回答,可能那是他会说的唯一的英语单词。

出租汽车疾驶在白杨树下的大街上,活像躬着背在狂奔的姿态。后视镜中照出二人的身影,宗谷先生手持8毫米摄像机拍摄窗外的风景,夫人的双手交叉,放在膝盖上。她一直低着头,像是在沉思什么。两人之间的气氛,有让人看不明白的地方。夫人看宗谷先生的眼神平淡安稳,宗谷先生对她也很温柔,不过,坐在一起的两个人都有点冷冷的孤独感,笼罩着一种游离的气氛。

或许这两人不是真正的夫妻,可又不像逃亡中的情人关系,勉强地说,他们有点儿同龄兄妹相处的味道。我的内心怀有小小的疑问和好奇,观望着渐渐接近的索菲亚城的街景。

2

里拉饭店是一家明亮的具有避暑地风格的近代建筑,入口处的上方呈野外露台式样,五彩缤纷的遮阳帘下,可以见到坐着的游客们正在喝什么饮料。

"那么,祝你们康乐!"

"谢谢关照。"

宗谷夫妇多次向我道谢后下了车。我略感寂寞,让出租车继续前行。我想起刚才告别之际,宗谷夫人明亮的眼睛刹那间凝视着我,于是赶紧回头望去,饭店前已经看不到二人的身影。

巴尔干饭店是苏式的威严庄重的建筑,位于市中心,与图穆百货大楼面对面耸立。饭店跟前有个广场,一座古老的回教风格的教堂在石子地面上投下了浓密的黑影。

我在服务台订房间。

"OK!"

肩膀宽阔的银发男子将钥匙抛给我。我把护照交给他,走上楼梯。饭店建筑物的内部装修煞费苦心地留有几分东欧地区的风味,房间中的条件按巴黎现时的标准约为二星级。房中有一张大床和一个特大的橱柜。

打开窗户,可以俯看到宽阔的大马路、绿化地带、红色的花坛和信号机。总算到了黄昏时刻,莫斯科风格的高层建筑的塔顶,可以看到一颗巨大的红星隐隐发出的光芒。

冲浴完毕,换上内衣,躺在床上,脑海里又浮现出刚才宗谷夫妇的形象,那两人总有点叫人放心不下。我穿好衣服,下楼去用晚餐。

大街上有点昏暗,市内电车行驶的遥远的前方,可以看到宛如黑牛脊背似的巴尔干山脉的棱线。我在图穆百货大楼五层的餐厅饮着红酒,品尝了土耳其烤羊肉串。餐厅的地板上,年轻的少男少女们满脸通红地跳着传统风格的吉特巴舞。少女们几乎都是没有化妆的素颜,少年们则多数身穿衬衣。

我将葡萄酒换成干邑白兰地时,看到宗谷夫人从餐厅门口笔直地穿过餐桌走了进来。她孤身一人,宗谷先生好像没来。

她身穿橘黄色的女式短礼服,解开头发披在肩头。她的形象看上去十分年轻,仿佛二十来岁的姑娘一般朝气蓬勃。

"夫人。"我高声招呼。

"哟。"宗谷夫人稍稍扭过头来,睁大了眼睛。

"您单独一人吗?"

"是的。"

"过来一起喝,如何?"

"谢谢!"她缓缓地点点头,朝我的桌边走来。

"您先生怎么了?"

"他说累,去睡觉了。"

"哎呀。"

宗谷夫人调皮地眨着眼注视着我的脸。"我猜猜您现在在想些什么吧。"

"请吧。"

"您一准在想,撂下疲惫先睡的丈夫,独自一人外出闲逛是一种什么心理。"

"猜对了!"

我为她点了干邑白兰地和鱼子酱,以喜不自禁的声调提议干杯。

"为什么干杯呢?"

95

"为你们夫妇俩快乐的旅行。"我说着,举起了酒杯。她低着头微笑,随着玻璃杯相碰发出的声音低声说:"我们漫长的旅途要结束了。"

"哎?"我问,"漫长的旅途,有多久啊?"

"是啊,"她茫然若失地摇转着手中的玻璃杯,仰望着天花板,"快十五年了。"

"十五年?"

我感到自己有几分醉意了。

"为十五年旅行的终结而干杯……"我举起酒杯。

"干杯!"夫人平静地回答,"您听听,这音乐,太让人怀念了!"

夫人按住我的手腕说。乐队以质朴的风格在台上演奏《多米诺》。

"的确,那是昭和二十几年的事啊?"

"朝鲜战争发生时,正是《田纳西圆舞曲》的流行之时,《多米诺》是在那之后。"

"有一首名为《火焰般的热吻》,你还记得吗?"

"记得,那首曲子。那您还记得《蓝领工人》的歌曲吗?"

蓝色、蓝色、蓝色,蓝领工人。我随性吟诵,夫人注视着我的脸。

"那歌曲出得更晚吧。"

音乐为之一变,演奏的是美国南部爵士乐风格的美妙的小调曲,总有点儿田园牧歌式的情调。

"跳舞吗?"夫人歪着头问,孩子般可爱的狐媚洋溢在她的嘴唇上。

"好哇。"

我们挤进了少男少女们的舞群中。夫人个子大,在跳舞的保加利亚少女中,十分醒目。

"这首曲子,是俄国民谣吧?"

"苏联的流行歌曲,叫作《莫斯科郊外的晚上》。"

"那曲子,还记得吗?是《当我在邮局做邮递员的时候》。"

"比那更好听的是那句,丰饶的贝加尔湖——"

"眺望无边无际的山野——"

"这曲子与你同龄吧?"

"好像差不多。"

夫人在我的怀里,咯咯咯地像小鸽子一样笑着抖动身子。我们俩紧贴着身子跳舞,我真真切切地感知到她礼服下隆起的柔软的腹部和颤动的乳房。夫人的头发又黑又密,飘逸着香味,红色的耳垂鲜艳透明。我有意识地紧紧拥抱着她,顶住其膝盖,快速回转。

"到外面去吧,"我说,"这儿没有冷气,太热了吧。"

夫人默默地从我怀里离开。

结完账,我俩走下长长的台阶。

"去哪儿呢?"

"去哪儿都行。"

"去看看老教堂吗?"

"好的。"

我们在宽阔的马路上并肩而行,夜空的高处可以看到巴尔干饭店的灯光。

"矢岛先生从事什么工作?"

"把日本制造的机床卖到欧洲去。"

"您快回国了吧?"

"是的。"

"您夫人呢?"

"回国去娶。"

"那眼下怎么办呢?"

"在巴黎,我有个女人。"

"是嘛。"夫人说,"您挺诚实的嘛。宗谷也有年轻的女人。"

"是吗。"

夫人说,那是宗谷教授的国文专业的女生。"相当正直可爱,是个好人家的闺女。"

我们从酷似列宁墓的季米特洛夫陵墓前走过,继续往前走。晴朗的夜空中,明亮的星星一目了然。

走了一小会儿,左手边出现了一幢古代斯拉夫风格的教堂建筑,是个有着尖塔的小巧雅致的教堂。

"漂亮的建筑。"

"能进去吗?"

我走上台阶,推开院子入口处的大门。木门被打开了,发出嘎吱嘎吱的声响,院子里是浓郁的树林,恰似漆黑一片的海底。

"到这儿来。"

"上哪儿呀?"夫人沙哑的嗓音问。我一声不吭地牵着夫人的手钻进了木门,建筑物的石墙前有台阶,我让夫人坐下,自己也坐在她的身旁。

"这儿没有人,是个谁也找不到的地方。"我说。

"是啊。"夫人小声回答。我默默地抱住她的肩胛,从她耳垂的后侧轻吻。我可以听到她微微的喘息,可是,她并未试图逃离我的胸怀。

"真是个不可思议的人。"我说,用自己的嘴唇包裹住她那柔软下陷、温热的唇吻。夫人沉默着任由我摆布。我的手正想滑进她的裙下时,夫人这才摇着头扭动起身子来。

"这儿不要。"

"那就去我的饭店。"

我搂住夫人的肩头站起来,借着微弱的路灯光,我看到她的裙子后面粘着一片树叶。走出教堂的院子,我边走边取下叶子丢弃。

"真的要去饭店吗?"

"不愿意吗?"

"倒不是不愿意。"

"是介意他吗?"

夫人默默地看着我。她的眼中,有一种难以名状的痛苦或悲哀的神色在摇曳。我紧紧搂住夫人的肩胛,朝巴尔干饭店方向走去。

走着走着,夫人的视线离开我的脸,喃喃自语:"您总是这样满不在乎地勾引别人的妻子吗?"

"可不是满不在乎哟。"

"可是,您没有一丝一毫的犹豫和害羞啊。"

"你是那么看的?"

"是的。"

"回国后我就结婚了,是相亲结婚。"

我在说些毫无关系的话。

来到饭店跟前,夫人止步。

"去您的房间吗?"

"不愿去吗?"

"不是不愿。"

"那就请吧。回去我送你。"

夫人在那儿站了一会儿,看着周围的建筑物、教堂和行人。

"毛,毛!"听到身后传来低低的说话声,那是几个工人模样的年轻男子正站着说话,看来他们把我和夫人当成了中国人。

"走吧。"

我轻轻推一下夫人的手肘,从饭店的大门口进入。总服务台的大个子男人瞥了我一眼,把房门钥匙放到账台上,钥匙发出了声响。

"到酒吧去喝点什么吧?"

我意识到那汉子的视线,询问夫人。她默默地摇摇头。我的手搭在夫人的背脊上,穿过大堂,向楼梯处走去。忽然,我发现夫人裙子的腰间有一枚草叶子,回头一看,总服务台的汉子站立着紧盯着我们俩,不过他什么也没说。

"里拉饭店好像新一点,"夫人说,"这里的饭店总有点趋炎附势的感觉。"

我说:"在东欧各国中,这个国家例外地与苏联保持着密切的关系。斯大林时代的遗迹,索菲亚大街上比比皆是啊。"

"这儿是遥远的保加利亚,在多瑙河的那一边……"夫人小声说,"第二次世界大战时许多苏联士兵来到这个国家。这首歌曲是他们的思乡曲吧?"

"你知道得真多呀!"

在走向我房间的过程中,夫人故意用快乐的语调不停地说话,仿佛对自己将要做的事毫无意识。

"那首歌曲流行时,我刚进大学。当时是新歌声运动的全盛期,我也会唱许多俄国民谣。对了,这首歌你知道吗?"

我哼唱了一段依稀记得的《西伯利亚大地之歌》。

"我知道,那首歌。"

夫人点点头,又哼唱起别的歌曲来。

"这是《五月的莫斯科》吧?"

"对。那么,这一首呢?"

夫人边走上长长的楼梯,边轻声缓慢地唱起一首俄罗斯圆舞曲来。

"唉,这首不知道。"

"是《孤独的手风琴》。您知道劳动的歌曲吗?"

"俄罗斯人挺聪明,经常使用火呀水呀的……"

我唱着,来到我房间所在的楼面,有点儿上气不接下气了。

"就是那个房间。"

"您先进去吧。"

"没事,一起进吧。"

走廊上空无一人。这建筑天花板很高,传来了我们的脚步声的回音。

我打开房门,推开后招呼夫人:"晚上好!"

夫人一缩脖子,走进房间说:"开灯吧。"

"就这样别动。"

我伸手揽住夫人的腰肢,拉过来接吻。夫人的牙齿在打颤,发出咯咯的声音。

"怎么回事儿?像个女学生。"

回到自己居住的房间,我完全恢复了平静。对于即将发生的情况,我觉得自己心中完全有数,再花时间去解开夫人的心结已无必要,接下去只要照我的意愿行事即可。其实,那也是她的期望吧。

在寓居巴黎五年的生活中,我对于女性的思考多少有了一些变化。对与有夫之妇保持关系,并不觉得那是什么坏事。

"请到这儿来,"我坐在床边叫夫人,"到这里来谈。"

"打开窗户行吗?"夫人走近窗边说。

"行啊。"

"窗外的夜景太美了。"

"到这边来吧。"我说,自己也觉得语调有点儿焦急。

"刚才我们偶然相会的餐厅,正对着这个方向呢。"

"在哪儿?"

我下床走到窗边,双手从后面抱住夫人的身体,越过她的肩头向外眺望。黑黑的图穆百货大楼最顶层的餐厅的灯光,好似圆圆的轮船舷窗排成一列,右侧耸立着高高的尖塔,顶端的红五星发出异常艳丽的光色。正因为大街上不见绚丽的霓虹灯,所以那红五星的色彩才分外的强烈,或许索菲亚的大街上的任何角落都能看到。

"关上窗户吧,夜间的空气挺凉。"我说。

我的双手紧紧罩住夫人隆起的前胸,夫人长长地呼出一口气。我的手掌之中,沉甸甸的乳房宛如昆虫的腹部那样慢慢地隆起,又退缩回去。

"我谈谈宗谷的事吧。"

"我不想听。"

我抱住夫人的双臂,把她送到床上。

在我脱衣的时候,她一动也不动。我将她身上的衣物一件件脱下后扔到地上,用毯子包裹起她的身子,然后起身去关窗。夫人小声说了句什么。

"唉?"

"别关窗!"夫人说。

"会感冒的!"

"就那样开着吧。"

我没关窗,就此回到床上。夫人的身体光滑炙热。我一动作,她也微微扭动身体以作回应。我们静静地、沉着地做完了成人之间的爱,并排躺在毛毯之中。

"您瞧呀!"夫人扭头说道。

"什么呀?"

"可以看到窗外的红星哪。"

我扭过头,凝望着那颗巨大的红星。忽然间,我想到在巴黎度过的五年时光,开始思考即将回到日本后的新生活。

"结婚之后,能过得好吗?"我说,"像我这号人,能够中规中矩地经营好吗?"

"不经历过,是不会明白的。"

"你们俩过得怎么样?"

夫人只是撇了撇嘴唇,一声不吭地下了床,穿起了内衣。

"回去吗?"

"是的。"

"我去送你。"

估摸着夫人已穿好衣物,我钻出毛毯。听着夫人在盥洗室里发出的流水声,我敏捷地穿好了衣服。

"他在为你担心吧。"

"是吧。"

就在走出房门的那一刻,夫人忽然想说什么,回过头来摇摇头微笑着说,"怎么办呢?"

"没什么了不起的。"

来到室外,夜间的气温很低。没有行人的宽阔大道上,穿着蓝色工作服的中年妇女们拎着油漆罐,正在刷白色的横道线。一位别着手枪的警官在不远处注视着她们。

"这儿是遥远的保加利亚,在多瑙河的那一边……"夫人低声唱道,"这首歌,我们经常唱,它是我们的主题歌。"

"我们?"

"我和宗谷的。"

"你们是学生时代就结婚的吧?"我问。

"是的,我们是大学的同学。"

"结婚多少年了?"

"十五年……"

"很久了。"

"不,现在想来,我觉得时间很短。"

我们在里拉饭店前告别。夫人在门口一度回过身来,轻轻点点头,随后消失在饭店中。我的双手插入口袋,沿着夜间的大街上往回走。为什么呢?因为心情黯淡、郁闷,丝毫感受不到与他人之妻行了好事后的愉悦。夜空中,巴尔干山脉的黑乎乎的轮廓像生物一样横躺着。回到饭店,房间的窗户依然敞开着。我关上窗,拉好窗帘,又钻进了被窝。

"这儿是遥远的保加利亚,在多瑙河的那一边……"

刚才宗谷夫人吟唱的歌声,又回响在我的耳根深处。

3

第二天醒来时已将近正午,自己真是太累了,酣睡了十多个小时。在巴黎紧张工作的五年间,犹如海洋雪一般积累的疲劳也许一下子爆发出来了。

换好衣服,我走出饭店。天气晴朗,心情爽快,不知何处响起了钟声。季米特洛夫陵墓前,卫兵像人偶一样纹丝不动,左右两边总有献上的红色花圈。

沿着大道笔直走去,左边是广场,广场前面有一个壮观夺目的教堂,它的圆形屋顶层层相叠,中间最大的圆顶棚闪耀着金色的光辉,悠扬的钟声就是从圆屋顶后的塔中传来的。

我原地站立,久久倾听着钟声。那声音清澈纯洁,恰似在我干涸的心底,摞起一个个透明玻璃秤砣,直到填满我的整个心房。

拐个弯沿着公园走去,冷不防地,里拉饭店明亮的建筑出现在我的眼前。

昨夜送夫人到这儿,就在那台阶前告别时的情景像是虚构的。我走进饭店的大门,朝明亮的西式小餐厅走去。

在可以看到庭院的一个靠窗的座位上,有一位日本男客。他就是宗谷先生,正红着脸坐着,面前放着葡萄酒瓶。一见到我,便起身挥手。

"您好!"他说,"一起喝一杯吧。相当不错的葡萄酒哟。"

"昨天谢谢您。"我说着,在他跟前的座位上坐下。他叫来男服务生,让他再拿一只酒杯来。酒杯一到,他又追加了葡萄酒。他为我的杯中注入浅色的酒液,微笑着把酒杯举到齐眉处。

"干杯!"他的语音中充满了醉意,"您知道我在为什么而干杯吗?"

"为什么呢?"

"为了她,而干杯。"说着,将杯中酒一饮而尽。

"她是谁?"

"就是我过去的老婆宗谷季子呀。"

"过去是指……"

"今天早晨八点,她搭机飞往巴黎了。"

我默默地看着对方的脸,他半睁着眼,口舌不灵地继续说着。

"她走了,今天早晨。正如我们一开始就做过约定,我俩要在这儿结束我们的旅程。我们是为此而来的。"

"……"

"我是十五年前的冬季与她结婚的,那年实在够呛。我俩在旧公寓三铺席的小房间里,以报纸当被子睡觉。打工学生的结合嘛。"

"严寒真叫人受不了,"宗谷先生说,"双方的条件都很差,我们打算结婚后去殉情自杀。那年夏天,她好像怀上了孩子,痛苦万分。没有钱上医院做处置。那天下午,我通宵达旦地打工回来,发现她倒在公寓的楼梯下,她说是滑倒的。不过,我想她是故意那么做的。她流产后过了一周,又出去工作了。"

"那一阵子,我搞了一个夏威夷学生乐队,在轻井泽和叶山一带玩得不亦乐乎,"我说,"正好就是那时候吧。"

"是哇。"宗谷把服务生送来的葡萄酒注入酒杯,酒液漫溢出来,在餐桌上流淌,"那时,我俩经常唱歌,深夜里打工回来,以及无法入眠之时……"

"这儿是遥远的保加利亚,在多瑙河的那一边……"

"对了,就是它!那是我俩的主题歌,我们经常那么说。倘若有朝一日,我们住进了自己的家,能睡在温暖的房间里,我们就要去保加利亚旅行,以取代不曾经历的新婚旅游。"

"我这一次要在东京结婚,对方是资本家的长女。"

"之后,我们过了十年悲惨的生活。作为一个不热门的剧作家,我一直为人打工。她在咖啡馆和酒吧工作。正好满十年之际,我放弃了剧作家这条路,转向搞当时有较多需求的外国影视剧翻译,再往后,揽起一伙人,成立了一家小小的专业翻译公司,这才总算找对了路。"

"也在女子大学兼职吗?"

"是的。那只是为了一个头衔的工作。"

"建了房子吗?"

"造了,"他点着头,双手在空中画了个大大的屋顶形状,"很威风的房子。"

"后来呢?"

"房子造好了,我也有了喜欢的女人。"

"结婚十五年开始出轨哇。"

"那是真心的相爱。二十左右的小姑娘,无法自拔呀。"

"接下去呢?"

"决定分手,与老婆。而且,按我们约定的出来旅行,为了弥补十五年前未竟的新婚旅行。"

"我明白了。"

"是啊,我们出发时就说定,旅行结束之时,也就是我们决定的分手之际,她提出,无论如何要去保加利亚。"

"这是离婚旅行啊……"我说着,举起酒杯,向他点点头,"干杯,为你们旅行的终结。"

"干杯!"他接着说,"也为您旅行的开始。"

窗外,异常柔和的金色阳光普照大地,巴尔干山脉的牛背似的棱线把蔚蓝色的天空做了鲜明的切割。香气四溢的葡萄酒带来的醉意,在我的血管中缓缓扩张。我想,里拉饭店真是个好饭店。也许有一天,我也会和妻子一起来这儿住宿。

黑夜的斧子

1

电话铃响起时,森矢慎吾正在看山。

那栋房子建在高处,院子前方就是陡峭的山崖,密密匝匝地长满了杂草和灌木类植物。从书房的窗口望去,眼下可以清晰地看到一片平原和发出白光的浅野川。医王山高高耸立在视线的正前方。面朝日本海一侧,独特的铅色阴云总爱盘踞在大山的背后。

今天是难得的令人沁目的好天气。初冬寒冷的泡状空气在晴朗阳光的照射中依旧分外寒澈,在一碧如洗的蓝天衬托下,已被白雪覆盖的医王山就在眼前。昨夜一定十分寒冷,今晨它已是一座冬天的山了。

医王山绝不是一座大山,海拔只有939米,山貌极其平凡。然而,一旦秋季逝去,当人们预感到漫长阴暗的冬天即将来到的时候,这座山就会随着降雪而改变形象。在阴沉的天空下,当积雪像叶脉那样勾勒出青褐色的山的棱线时,医王山会显示出它令人想象不到的威严。

"看来今年会多雪呀。"森矢慎吾从书房打开着的窗户处眺望着发出白光的山顶,喃喃自语。

就在这时,电话铃响了。

慎吾并未马上接起，而是倾听着铃声。

"谁打来的?"他在思考。

现在是礼拜天的上午，自己供职的大学理应不会打来电话，也不会是同事早田教授。一般而言，礼拜天一早他就会去垂钓。

"是麻子吗?"

大女儿麻子已从东京的短期大学毕业，今年夏天回到家中。她将和慎吾所在的地方大学医学部教授的次子于明年结婚。未来的女婿是位高个子的好青年，纯朴老实得令人放心不下。他也是该校医学部外科医生的学生，已经通过了国家考试，现在正在诊疗部门做博士论文的准备。

听说麻子念高中时，与大学的戏剧部进行联合公演，结识了他，交往近三年后，向双方的父母提出了结婚的意向。森矢本人对此良缘并无任何不满。

而妻子夏江呢，看上去有点儿不舍，觉得女儿出嫁为时尚早。不过，她总去和服店转悠，还招待对方青年吃晚餐，显得不亦乐乎。麻子也每天必与未婚夫打上一通长长的电话，令家人不胜厌烦。

"真讨厌!"

不知何故，慎吾并不想去接那个响个不停的电话。他遥望着白雪覆盖的医王山，一动不动。

电话铃响了一阵终于停了，接着又间断性地响了几下，才恢复了宁静。森矢慎吾关上窗户，大大地伸了个懒腰，从椅子上起身。他想去餐厅与妻子和孩子们一起喝喝茶。

就在他要走出书房时,那电话像个活物一样又响了起来。慎吾歪着脑袋,这一次,随手拿起了话筒。

"喂,喂。"

可是对方并不出声。

"喂喂……"慎吾多次反复招呼,还默默地竖起耳朵听,却还是没听到任何的话音。

真是个奇怪的电话!

慎吾气愤之余,使劲撂下电话听筒,黑色的电话发出金属相碰的声响。就此结束,森矢慎吾关上书房的房门,顺着走廊向六铺席大小的餐厅走去。

妻子夏江和麻子在餐厅里并排而坐,一边阅读妇女杂志一边闲聊,长子阿彰戴着耳机,正在看电视里乐队的表演。

"唉,我不是让你把电话换到餐厅吗?"慎吾对夏江说。

"可我觉得电话主要是你在使用。"

夏江头也不抬地回答。她蹲坐着,中年发福的赘肉在腰间鼓鼓囊囊地隆起。

"更重要的倒是……"

"什么呀?"

"年末的教职员宴会嘛。"

"现在刚到十月啊。"

"瞧,十二月的杂志已经发刊了。"麻子向众人展示杂志的封底,笑着说道。她口齿伶俐,排列整齐的一口洁净的白牙发出光亮。

"虽然不是什么绝代佳人,却是个聪明伶俐的姑娘。倒是父母显得太憨呀。"

每次谈到女儿,森矢慎吾总爱这么说。他认为女儿脑袋好使,性格开朗,是个居家过日子的好女孩,一定会成为一个好媳妇的。

"教职员的宴会又怎么啦?"

"我没有可穿的衣服啊。"妻子夏江点点头,像是在征求女儿同意似的。

"又不是去参加什么时装秀!"

"那我知道。不过,我真没有衣裳可穿。麻子的婚礼已定下,来年春天你也将升任教授,这一下我们会相当引人注目的。"

"上次不是有一身黑白相间的碎花纹料子制作的套装吗?那套衣服用的是上乘料子,我觉得挺不错的。"

"那套衣服去年不是已经穿过了吗?"

"还可以再穿一次嘛。"

"我可不愿意听到别人说什么'森矢先生的夫人又穿着相同的衣裳来了',麻子,你说是吗?"

"可不是嘛。那群人嘴碎,一定会说些什么的。男人就不用这么麻烦。"

"嘿,你听听!"

麻子起身,到森矢跟前来沏茶。

"嗯,谢谢。"

"您真怪,爸爸!"

"怪什么?"

"最近,动辄开口道谢,以前您有事相求时也只说一声'喂'就了事。"

麻子微笑着睁开漂亮、清澈的眼睛注视着慎吾,夏江从一旁插进来说:"那是因为你决定要嫁人了。"

"请别那么快就把我当作外人对待呀。"

慎吾苦笑着啜饮茶水。走廊边,冬日里淡淡的阳光照射进来。院子的花坛里,晚开的万寿菊沐浴着金色的阳光。变成住宅区的高地一片静谧,这是一个相当和睦的星期天。

森矢慎吾默默地坐着,健康的妻子、漂亮的女儿和虽然高中成绩稍显不佳,却在茁壮成长的儿子围在他身边。

学术上的业绩也已做出,明年北原教授辞官退休之后,自己便有望顶替他的位置。麻子可以成家立业,儿子阿彰升入大学学习后,自己和夏江留在这北陆地区的地方城市生活就行,这样就足够了。想起二十年前的生活,眼下的日子简直叫人难以置信。

远处不知从哪儿传来了女声的合唱。

"那首歌叫什么名字?"慎吾心想。

那首歌他不曾听到过,可俄国风格的旋律,使森矢忽然间回想起二十年前的那个冬天的往事。

这时,电话铃声再次响起,切换过来的电话,在茶柜上执着地响个不停。

"哪儿打来的?"

夏江要起身去接时,慎吾用手势毫无理由地制止了她,自己站了起来。

"我去接。"

来到电话跟前,刹那间他有些迟疑,却不明所以。

"你怎么啦?"夏江说。

"咦?"慎吾摇摇头,像是说没怎么,右手抓住了话筒。不知何故,慎吾有一种不祥的预感。这十几年来,沉睡在自己体内深处的东西冷不防地醒来,他觉得那奇妙而又黑暗潮湿的东西正在某个地方睁大了眼睛。

"喂,喂……"

森矢慎吾用沙哑的声音对着电话小声说。

这是第一个电话。医王山叶脉状的地表通过走廊边的玻璃窗呈现在眼前,令人感到阴森而凄惨。

2

当天晚上十点过后,第二通电话又打来了。

当时,慎吾在书房里,他拿起电话,又听到了与上午相同的话音。

"是森矢慎吾吧?"

"您是哪一位?"

对方不作回答,用低沉却又像金属音清晰的话声重复着与上午相同的语句。

"你从叶拉布加带回了什么?"

"……"

慎吾手握电话听筒,冻僵了似的静止着。与上午相同,对这个提问他以沉默应对。

"我再重复一遍,你从叶拉布加带回了什么?"

慎吾感到自己的心脏以惊人的速度跳动着,气也喘不上来。他挪动僵硬的右手,按下了按钮,电话切断了,发出一声轻轻的铃响。

这时,房门被打开了,夏江走进屋来。

"对不起,我又忘了切换电话。"

"不,就让它这样连通书房吧。"

"好的。"

夏江身穿一条看上去保暖的驼毛色的灯芯绒连衣裙。她露出疑惑的微笑靠近书桌旁说:

"真对不起,上午跟你提了那档子事。"

"什么事呀?"

"就是出席宴会要穿服装的事。"

"我并不介意。"

"听你的,我就穿去年的套装去。那是套很好的衣服,再说我也不是什么明星,能低调地站在你的身后,就满足了。"

"嗯。"

夏江紧盯着慎吾的脸,一副少女般羞涩的表情。

"不过,说句老实话,那套衣服的裙子真让人难受。我自己不知不觉之中又胖了许多。唉,你瞧瞧!"

"是啊。"

"你是瘦削的苏格拉底,我则是一头幸福的猪。或许从今以后,你也会一点点发福的吧。"

"啊。"

"怎么啦?"夏江担忧地问,"你的气色很不好哇。"

"我有点儿头疼,去躺一会儿。今晚早点睡吧。"

"是。"夏江点点头离开房间。

慎吾心想,一个好老婆呀。自己撤回日本后立刻结婚,至今已有二十年了。她虽然已经四十五岁,却仍然是个心态年轻的女人。她喜欢讲笑话,爱打扮,内心坚强,迄今为止,不论生活如何艰苦,也从不表现出阴郁。

——看来,这一次的教职工宴会,应该为她做一套西服呀。

慎吾思忖,不过,他真正思考的并非此事,留在耳际处的还是电话机里传来的金属音质的冷冰冰的声调。

——二十年前,我究竟从叶拉布加带回了什么?

答案是不言自明的。二十年来,他从未提起过它,然而,它却始终清晰地铭刻在自己的记忆深处。

"从叶拉布加带回了什么?"

对于这一提问,他只能以一言答复。

"塔颇尔。"不,他没有那样去回答的义务。

塔颇尔是俄语"斧子"的意思。他从西伯利亚收容所真正带回的东西,既不是冻伤变形了的脚趾,亦非对于质朴的家庭幸福的憧憬。而是一把类似北满绥芬河里的流冰那样发出微弱亮光的"斧子"。

"塔颇尔……"

他在嘴里喃喃自语。森矢慎吾的内心瞬间传来了恰似雪崩袭来时发出的那种沉重、阴森的回响。

3

俯卧在卧室并排铺好的寝具上,森矢慎吾翻阅着综合杂志。

对于与自己专业的经济学史无关的报道,他几乎丝毫不感兴趣,不过,看到这一期杂志刊登的一位年轻研究人员撰写的《日本戏剧中的免除自由化问题》的论文广告,就为麻子买下杂志供她阅读。

慎吾翻到论文那一页时,夏江走进屋来。

"拿个烟灰缸给我。"

"好。"

慎吾在烟灰缸里掐灭香烟,将杂志放到枕头下,钻进了被窝。他发现夏江也滑进了身旁的寝具。

"想睡了?"

"嗯。"

夏江伸出手去关上台灯,房间里一片黑暗。外面的防雨套窗也关闭了,二楼的这间卧室就像沉入了海底一般。

"我说你呀……"

"什么?"

"头痛好些了吗?"

"好些了,刚才服的药起作用了吧。"

"是嘛。"

慎吾摇了摇头,头已经不疼了,却依然感到沉甸甸的。

"准是让那个电话搞的。"他的脑海中又传来了那男子冷冰冰的话音,"从叶拉布加带回了什么……"

是叶拉布加吗?他在一片黑暗之中默念起那个苏联境内的地名。于是乎,耳畔忽然又响起了俄罗斯人的男声合唱以及刮过收容所窗边的凛冽呼啸的寒风。

昭和二十年(1945)九月,原关东军中尉森矢慎吾待在北满洲的海林,当时二十六岁的他成了苏联军队的俘虏,被关押在海林军工厂的仓库里。

海林的城镇,阴冷的雨下个不停,被解除了武装的关东军士兵和普通日本居民精神恍惚地行走在雨中。远处不时传来的撼动大地的爆炸声,据说那是在炸毁旧日本军用机场的设施。

几乎所有的人都在为凶险的腹泻烦恼,营养不良、严寒和疲惫袭击着俘虏们。一到夜晚,俘虏们冒着一旦被发现就可能被枪杀的危险,外出偷盗铁路枕木,在窗户破败的仓库里点燃濡湿的枕木过夜。

到了十月,俘虏的大部队接到了移动的命令,慎吾的部队也开始向牡丹江徒步转移。他们被腹泻折磨着,在已呈严冬景象的玉米地中不停地行军。仿佛是在追逐逃到山里的日本兵,自动步枪的连射声断断续续地传来。

从各地连续到达的俘虏部队在牡丹江集结。俘虏中传说,他们会在这儿做人员调整,然后被遣返日本国内,人人都信。不久,十一月初,传来了出发的命令。那是一个酷寒的早晨,他们沿着冻得坚如钢铁的道路向车站前进,俘虏们的眉毛全被呼出的气息冻成了白色。慎吾看到了运送家畜的列车,车厢被分隔成两层,那是为了运送更多的俘虏而经过改造的货运车厢。

"还是没法穿呀。"身旁的夏江说。

慎吾的回忆被打断,在黑暗中睁开了眼睛。

"你说什么?"

"那条裙子呀。"

"……"

"你看,这副模样。穿不下可没法子,瞧!"

夏江伸出手来,拽住慎吾的手腕拉过去,轻轻放到她那柔软丰腴的小肚子上。

"瞧,这模样,真叫人不好意思。"

慎吾抽回手,若无其事地说:"那就做一套新的吧。"

"可……"

"会发奖金的,总能对付过去的。"

"浴室用的煤气费还没支付呢,再说,麻子的……"

"想做的话就做一套,钱的事总有办法。上次那本书已决定加印,还可以预支版税呀。"

"嗯。"

"明天上午还要上课,睡吧。"

慎吾在反复回味刚才留在手掌上的柔软的触感,几年前,自己为了逃离暗淡郁闷的记忆,还常常沉溺在肉欲之中。然而,现在连那种欲望都消失了。慎吾又一次翻转微微出汗的身体,继续放映刚才中断了的回忆胶片。撼动防雨木套窗的风声令人心烦意乱。

列车在大雪覆盖得越来越厚的荒凉大地上默默北上,太阳只是在那里白白地燃烧。慎吾和战俘们全身心地关注着列车行进的方向,大家还是沉浸在被遣返故国的希望之中。列车在伏罗希洛夫站驶入岔道,若是南下,就能驶往符拉迪沃斯托克(海参崴)。渡过日本海就能回到国内。然而,与大伙儿的期待相反,列车开始北上,距离日本海方向越来越远。不久,火车过了一座长长的铁桥,桥下好像是黑龙江。从那儿起,太阳转变了方向。列车加速在森林地带疾驶而去。此时,慎吾和战俘们终于清楚地确认了自己正在被运往西伯利亚的深处。

十一月中旬,列车中止了漫长的旅途,停在一个巨大的湖泊边。俘虏们打听这个看上去像是大海一样的湖泊名称,押送的蒙古兵回答说,那叫"贝加尔湖"。冬季的云层积聚在水平线上,凛冽的狂风大作,刮过湖面,面对那令人沉闷的大自然的淫威,消瘦羸弱的俘虏们呆呆地看着,噤若寒蝉。

驶离伊尔库茨克的列车继续向西挺进,速度渐渐放缓,战俘们知道它正在喘着粗气爬坡,列车是要翻越乌拉尔山脉。

十一月末,货运列车中的战俘们经过二十天的运输,全都脱了形,神色异样。中途死亡、鲁莽跳车试图逃走而被射杀的人亦不在少数。

列车驶过森林和荒野,一刻不停地不知要驶往何处。

十二月初,列车终于结束了漫长的横跨大陆的运输。当时慎吾发现,自己已经穿越了贝加尔湖和乌拉尔山脉,来到了苏联国土的深处。

一片漆黑之中,慎吾好像又听到了电话铃声,那铃声断断续续地从楼下传来。

"是谁呀?这种时间。"

夏江嘀咕着打算起身。

"我去接吧。"

"哟,你还醒着哪。"

"那风声让人放心不下。"

"行了,我去接吧。"

"不,我去吧。"

"是吗?"

慎吾敏捷地起来后走出卧室,下了楼梯来到餐厅,开了灯。

像上午一样,电话在茶柜上响个不停。停了一阵后,再次响起。

"喂喂。"慎吾说。

稍事停留,传来了男子的话音。

"你是森矢慎吾吧?"

"你是谁?"

"是森矢慎吾吧。"

"是的。不过,你是……"

"你从叶拉布加带回了什么?"他的话音平稳冷淡。

慎吾沉默不语,把电话听筒搁在耳边等待。

"听得见吗?"

"……"

"请回答,你从叶拉布加带回了什么?"

慎吾冷不防挂断了电话。刚才还在冒汗的肌肤,这会儿已起了鸡皮疙瘩。他伫立着,咬紧嘴唇。

"你怎么啦?"

夏江的问话从走廊传来,不知何时,她也走下楼梯来到身边。

"谁打来的电话?"

"没有谁。"慎吾清醒过来,在餐厅桌前坐了下来。"打错了吧。"

"可是……"夏江穿着睡衣走进屋来,与慎吾面对面坐下,紧盯着他的脸说,"上午也有一个怪怪的电话打进来。"

"……"

"是同一个人吧?"

"给我沏一杯茶吧。"

"你不睡觉了?"

"莫名其妙地变得清醒了。"

"准是太疲劳了,"夏江从茶柜里取出茶碗,"你认为是谁打来的?"

"嗯。"

"他说什么来着?"

"没说啥……"

慎吾苦笑着,他明白夏江的所思所想。

"你别想歪了,那可不好办。并不是那种电话。"

"那种电话,又是什么电话呢?"

慎吾明白,夏江并不是真要追究,她只是喜欢这样难为丈夫、耍弄丈夫而已。妻子的表情中带着一点戏弄的意味。慎吾觉得,自己营造了一个平和的家庭,夫妻之间这样的戏耍甚至也是必要的。

当天夜晚,慎吾与夏江之间发生了时隔几周的肉体交往。

凌晨,在软瘫瘫的疲劳感中,他觉得自己再次沉入二十年前的记忆深处,这种记忆,近些年来一直沉睡在意识的深渊里。他觉得自己在似梦非梦之中,看到了一把白晃晃的不祥的斧子,将扎紧那些记忆口袋的粗实的绳子斩断了。他在思索,自己从叶拉布加带回来的东西究竟是什么呢?他很想大声嚷嚷,好不容易才抑制住了。

——战败后的第二年,森矢慎吾在一个名叫拉塔的地方迎来了春天。

他被收容在那个城镇,从事埋设电缆的工程。在那儿的记忆,渗透出半是痛苦、半是酸甜的伤感。与慎吾一起作业的俘虏们渐渐有了和那个城镇市民接触的机会,慎吾还记得自己曾经与一个做护士的俄国女人交流过个人的友情。

俘虏们被抛在这里,逐渐放弃了希望,开始摆出主动适应环境的姿态,随着一点一点地学会了俄语,也与苏联方面产生了交流。

初夏,慎吾他们的日本人劳动队再次乘坐列车,开赴新的劳改地。

那是一个两万人口的地方小城,在乌拉尔山脉那一头的卡马河畔。1935、1936年的大清洗中,布哈林等人就是在那个小城被枪杀的,那儿也是有名的苏德战争时俘虏的关押地。

那个位于东经五十度、北纬五十六度的城镇就是叶拉布加。

直到特别遣返开始实施为止,慎吾一直在这个叶拉布加的城镇劳动。

在叶拉布加,俘虏们不光是参加劳动,那儿还强调引导旧日本军人朝民主方向转变的思想教育。宣传中队就承担了对俘虏们的文化工作。作为宣传中队左右手的情报员,都是从一般俘虏中招募的。很多人都是想到只要答应干这项工作,就可以免除困难的伐木作业才应征的,慎吾也是其中的一个。

情报员的选拔,由日本人的宣传中队长承担,他选中了几位富于知性、能正确理解政治、具有为无产阶级奉献生命的热情的民主人士。从国立商科大学毕业,具备马克思主义经济学基本素养的慎吾被任命为正式的情报员,就是理所当然的了。

情报员的任务以普及马克思列宁主义、贯彻人民民主主义思想、传达各种新闻消息为目标。宣传中队成立了列宁研究会,活跃地开展了出墙报及其他的新闻报道活动。慎吾担任了以经济学为主的文化小组的指导工作,每天将政治、经济和自然科学书籍的摘编和日语翻译做到深夜。此外,在由苏方政委主导的"苏共党史"的研究会,他作为助手,干得也很起劲。

在这一期间,可以回国的消息常常在收容所流传,动摇着俘虏们的心理。其中将俘虏全员按照阶级民主意识的高低分为 A、B、C、D 四等,按其顺序先后可优先回国的信息,令俘虏们狂热起来。

不久,慎吾担任了宣传中队的重要职务,那是因为在识别每个俘虏的档次时,他做出的仔细、公正的评价为他赢得了声誉,然而与此同时,被他评定为低端的俘虏人群对他也抱有强烈的反感。

有一天,他经过施工现场的时候,一块巨大的木材冷不防掉落下来,那是被他评为 D 等的俘虏经手的木材。虽然慎吾求情,但队长在证据不充分的情况下惩罚了那个俘虏。没多久,俘虏就因患上伤寒而死亡。这件事把慎吾逼到了更加困难的境地。深夜,他害怕窗外传来的声响,忍受着来自俘虏们的无言轻蔑的视线,越来越孤立。使他深感奇怪的是,绝对保密的等第决定,全体俘虏竟会在不知不觉之中人人知晓,而且还被恶意地极度夸张,传到后来,变成大部分 C、D 二等的对象仿佛全是慎吾一人单独决定的了。

4

森矢慎吾上完课,朝研究室走去。几个学生围在他身边一起走。他知道自己在学生中颇有人气,这或许因为他为人敦厚,具有一种独特的风貌的缘故。

慎吾的身材并不很高,却是个细高挑儿,脖子较长,眼角处有三道深深的皱纹。听对方讲话时,那皱纹变得更深,表情和蔼。

"老师……"一个学生说,"这个星期天,我们去郊游吧。"

"只是郊游吗?"

"与女子大学的学生一起。"

"去哪儿呢?"

"医王山有没有合适的地方?"

"医王山已经无法攀登了。"

"还不要紧吧。"

"可以去呀。"

慎吾看着学生们小声嘀咕。一种到摆脱现实生活的地方去藏身的欲望在他的心中生成。

"登山比较麻烦。去内滩的沙丘玩如何?"另一个学生提议。

"别说傻话,那种地方太冷了!"

"去弹药库遗迹跳摇摆舞,怎么样?"

"有女生来吗?"

"唉,难说。"

"别去郊游了,还是在饭店开舞会快乐。"

"舞会就免了,能和女大的女生搞个联合读书会,行吗?"

慎吾调侃道。学生们愉快地笑起来。

这时,一个女生注视着慎吾,举起手走了过来。

"老师。"

"什么事?"

"这个,您掉在刚才的教室里了。"

女生摇动着一个白色的信封,将它递给慎吾。

"老师,那是女生的情书吧?"

"嘿。"

他看了看信封上的字。上面用钢笔端正地写着:"森矢慎吾先生"。翻过来再看,后面什么字都没有。慎吾与学生并排而行,随手拆开了信封。

"不能偷看,"女生责备男生,"那是森矢副教授的隐私。"

慎吾从信封中抽出叠得四四方方的信纸展开,一个男生从一旁瞟了一眼,缩了缩脖子。

"这是,什么呀?"

慎吾尽量用平静的语调自语,把纸片揉作一团塞进口袋。

"奇怪呀。"一名学生笑着说。

"老师一看信上的文章,表情就怪怪的,刹那间大吃一惊的模样。"

"是酒吧的催账单。"

慎吾朝学生眨了眨眼,打开了研究室的房门。

屋内没有人。慎吾走到窗边,从口袋里掏出刚才揉作一团的纸片展平。上面只有一行钢笔写的文字。

"你从叶拉布加带回了什么?"

慎吾茫然若失地伫立着,目光停留在自己的脚下。然后,从口袋里取出打火机,捏着信纸的一端点燃了它。看到"叶拉布加"几个字完全变成灰烬,才用右手握拳捶了几下后脑勺,只觉得好似一把沉重的斧头正在敲击自己的头骨。

这时,桌子下有了动静,慎吾反射性地弯下上半身回头张望,正好看见一只黑老鼠敏捷地躲到书橱里去了。

慎吾拉过一张椅子,点燃了香烟。嘴中舌头发涩,很不舒服。果然,还是香烟不行,慎吾抽了一口,就把烟扔在地上。后脑勺疼痛迟钝,他想,大概是昨夜几乎彻夜未眠的缘故吧。

5

这一天,慎吾离开大学后去了电影院,那儿正在上映一部题目给人以非常强烈印象的意大利西部片。

他在观众稀稀拉拉的电影院里一直坐到深夜,连续看了两部片子后走出影院,夜间的大街上刮着寒风。

慎吾走进一个公共电话亭,拨动了家里的电话号码,又停下手来。接着,他打开了电影院后小马路上一家立饮酒吧的店门。

"欢迎光临!"

一个头发梳得很高,化着厚妆,身穿和服的女人在柜台里面发出尖锐的招呼声。一看到她的脸,慎吾喝酒的兴致就崩溃了。他点了一杯掺水威士忌,喝了一半就走出了酒吧。

他走在商店已经开始打烊的夜间的大街上,心想,上哪儿去呢?夏江和麻子一定在家里等得心焦,可是,不知是什么原因,他不想回家。

忽然,他站住了,在衣服内口袋里摸了一下,碰到了一只坚硬的信封,那是今天下午东京一家出版社送到大学里来的版税。那家不大的出版社,版税总是用挂号件寄到事务局来。因为慎吾本人是这样要求的,大概有五万日元吧。摸着信封加以确认之后,慎吾顿时感到自己是自由的人。

他朝出租车举起了手,随意报了北陆地区温泉乡的几个地名。

"好的。"

出租汽车司机理着个小平头,镶有金牙,是有一张好人面相的中年男子。

"您现在是去赶赴宴会吗?"

"不。"

"那是为工作?"

"去玩玩。"

"嚯。"

司机很快敏捷地从车多的市内冲出,过了大桥,驶向国道。

"这位客人,一看您就是个有头有脸的人物。"

"你看得出来?"

"那当然。"

司机是个好奇心很强又爱聊天的人,慎吾随声附和,他就说得更来劲,双手几乎都脱离了方向盘。

"住处定了吗?"

"不,还没有。"

"要不我为您介绍。这一带突然闯进去,可不会有什么好接待呦。"

慎吾打听,好接待是指女人吗?

"是呀,就是指艺伎啊。"

"找个艺伎玩,需要多少钱?"

"指费用吗?"

"是啊。"

司机说了个金额,要比慎吾预计的贵得多。

"现在去谈,有点儿晚了。可能没有太好的……"

"没关系。"慎吾说。五年前,他来到这个地方城市的大学任教,从未花钱去玩过女人。然而,今天晚上会有异常的事情发生,自己想摆脱压抑的心情。他打算花光口袋里所有的钱。

"您是做什么工作的?"司机问道。

"你看我像干什么的?"

"是公务员吧?"

"嚯,就是。"

"干我们这一行的,看人八九不离十。"

司机一副还想向慎吾打听什么似的表情,故意把视线转向车窗外。

"您不是北陆地区的人吧?"司机问,"我猜得准吗?"

"那当然。"

"您来自何方?"

"实际上,我是从居住处蒸发而来的。"慎吾开了个玩笑。

玩笑归玩笑,但是,这也是慎吾的实际感受。

"是吗?"

"现在,老婆和女儿正在大吵大闹呢。"

"真的吗?"

"当然是真的。我手上有钱,忽然消失得无影无踪。乘上火车,在适当的车站下车,就来到了这个城市。"

慎吾撒了谎,但想来却像真的一样。

"家属们太可怜了,"司机在喃喃自语,"不过,我在开车,有时也会忽然想到不如就这样去关西生活。"

"到 A 镇,还要多久?"

"走了一半路程了吧。"

"天气很冷,快到十一月了。"

司机突然摇了摇头:"您说很冷,可是您要知道,北陆的寒冷算不了什么。西伯利亚的冬天才叫够呛呢。"

"西伯利亚?"

"是啊,那儿可不是沿海地区,在赤塔呀、鄂木斯克那些地方,都是零下几十度。这一带的寒冷,我觉得真是太舒服了！我在西比利亚被拘押过两年。"

"你从叶拉布加带回了什么？"慎吾问道，他屏住呼吸等待司机的回答，可是，对方仍用悠然的口气说："叶拉布加？有那个地方吗？说什么呀，您是复员会的成员吗？"

"不是，我老婆的妹妹是从那个叫作叶拉布加的地方撤回国内的。"

"是嘛。"

司机不作声了。慎吾始终凝视着车窗外流动着的夜景。

"我说，年轻的艺伎好吧？"司机冷不防地说，"我要豁出来点那位艺伎。"

"那位艺伎是谁？"

"唉，那是去年刚下海的艺伎中口碑好的，是位走红的人。"

"那就拜托你了。"

"是嘛。"

司机猛踩油门，超越了前面的自卸载重卡车。

6

A 在北陆温泉当中，是个具有质朴乡土气息的城镇，并没有成排的近代饭店大楼，建筑古雅，有着恬静安详的情趣。在司机的带领下，森矢慎吾走进一家旅馆。从外观看旅馆并不起眼，不过，里面有着曲曲弯弯的走廊和沉静稳重的内花园。

司机在大门口与女招待头领点头交谈，由于慎吾多给了小费,他在显示与此相配的诚意。

来到客厅,女招待送来了茶水和浴衣。

"这位客人是第一次到 A 镇吗?"

"是啊,拜托你多多关照。"

慎吾把一张千圆钞票交给女招待,开始脱衣。

"刚才那位司机跟我说了。"

"嗯。"

"眉子另有先约,恐怕来不了。"

"总之拜托你了。"

慎吾从上衣口袋里抽出一张五千日元的钞票塞到女招待手里,他完全没有非要那个艺伎不可的意思,不过,当时他的心理状态如同升腾起一种奇妙的欲望:只想尽快地花掉身上的金钱。

"哟!"

女招待展开五千圆纸币,惊讶地盯着慎吾:"我会去尽力的。"

女招待走开后,慎吾在客厅的正中呈大字翻倒在地,这几年来,他没有单独外出旅行,总是和妻子、女儿在一起,与其说那是旅行,毋宁说那是家庭生活的延伸。

电话铃响了。慎吾支起身子,注视着电话机。响了一阵子后,电话铃停了。传来了脚步声,女招待进屋看到慎吾,不解地歪着脑袋。

"您没接电话,我还以为您在洗澡呢。"

"哪里,最终迷迷糊糊地打瞌睡了。"

女招待拍拍慎吾的肩胛翻起眼珠看着他的脸。

"我说好了,眉子小姐稍微晚些时候会来。"

"是嘛。"

"老爷,你真是好运气啊。"

"为什么?"

"眉子小姐呀,讨厌今天约会的客人。他虽然是名古屋一家公司的总经理,但是很变态,每次来都弄得眉子小姐哭着回来!"

"怎么个变态法?"

"这个嘛,"女招待压低声音在慎吾耳边快速讲了几句,"厉害吧。"

"哼!"

"真要不得,老爷,您一点儿也不感到惊讶嘛。"

"给我拿瓶啤酒来,"慎吾说,"在此之前,我先去洗个澡吧。"

"好的,我带您去。"

女招待一下子一本正经起来,在前面带路。澡堂很宽敞,慎吾闭上眼睛伸展开自己的手脚,在澡堂里会有一种奇妙的安心感。他感到,昨天开始留在脑子深处的芥蒂,在澡堂的温水之中柔和地化解了,不由想起二十多年前自己也曾品尝过同样的心情。

——宣传中队的工作孤立无援地持续着,然而,慎吾已经无法忍受了。他宁可离开城镇去远处的山林参加砍伐作业。

在离叶拉布加不远的地方,就是砍伐队的工作现场。在那儿,德军俘虏从事砍伐,而日军俘虏充当搬运作业。砍伐队员由三十岁以下的健康的俘虏组成,工作强度大,经常会发生事故,出现负伤者。而将一立方至一点五立方米的原木搬到雪橇上的作业,具有难于言表的强度,队员们会一一倒下,几乎全体人员的脚部都出现了浮肿。

而慎吾认为,即便作业如此艰苦,也比孤立无援的生活来得好些。

有一天,他见了宣传中队的负责人,向他说明了想脱离现在的任务而去从事采伐作业的想法。中队长一副惊讶的模样,但表示已经了解。

几天之后,苏联方面的日本人部长柳波芭女士召见慎吾,他就赶去了女士的宿舍。

柳波芭女士是个身材高大的女性。她有着淡蓝色的眼睛,血色很好的白皙肌肤和丰腴的乳房。传说她毕业于莫斯科的大学,为人公正,谁都对她怀有好感,但是,她也有理想家的气质,只要自己无法接受的事,就具有绝不会认可的公式化倾向。

当天,柳波芭夸赞了慎吾的日常工作,询问他为什么要脱离宣传工作而去从事艰难的体力劳动。

"就算有日本俘虏恨你,这只能说明他们缺乏民主向上的热情。你把努力具备正确思想的人评为 A,而与此相反的懒惰者评为 D 的做法是正确的!那些人憎恨你,是他们的错!"

"这我明白。"慎吾说。

"那又为什么要离开?"

"我自己也不明白。"

柳波芭女士从椅子上起身,走到慎吾身旁。她像拥抱似的搂着他的肩膀,将他带到长椅子上,让他坐下。

"我觉得你是一个优秀的知识分子,比我书读得多,脑瓜好使,而且为人诚实。我一直在观察你。我知道你在深夜翻译马克思、恩格斯的著作,并孜孜不倦地学习俄语。我是你们的监督者,在学问上我很尊敬你。所以,我是不会把你送去搞采伐作业的。不仅仅宣传工作需要你,对我而言,你也十分重要。"

慎吾大吃一惊,紧盯着柳波芭女士的迷雾般的眼睛。她那魁梧的身材降服了他。

"你若实在不愿待在宣传中队,我会考虑给你安排其他任务,将能更好地发挥你才华的更重要的工作。"

"是。"

"森矢先生。"

柳波芭女士健壮的手臂圈住慎吾的肩头,把他拉到近处。

"你需要洗干净你的身子。"

柳波芭女士消失在厨房,一会儿,拿了一块大毛巾跑回来。

"脱下你的衣服。"她声色威严地说。慎吾按她的吩咐脱下了肮脏的外衣。

"全部脱光!"

慎吾一丝不挂,女士用大毛巾包裹他的身体,双手轻轻地把慎吾横抱起来。柳波芭女士把他抱进浴室,从头冲淋下去,用一把大扫帚粗暴地刷洗慎吾的全身。在热气中小山似的上下晃动的女性巨乳下,慎吾活像一个孩子似的被任意地摆布。慎吾想起了当时的情景。

7

洗完澡,女招待已备好啤酒在等待他。

"眉子小姐一点钟左右会抽身过来,请好好享用。"

慎吾喝了一通女招待斟好的啤酒,然后到隔壁房间钻进了铺好的被窝,窗外传来剧烈的声响。那是北陆地区独特的雨夹雪,类似枪声大作的雨夹雪持续了一阵,忽然戛然而止。

这时,电话铃响起。

"哎。"慎吾抓起电话听筒应道。他觉得应该是那个叫眉子的艺伎来了。

"你是森矢慎吾吧?"

一个男人的声音,慎吾不由得把听筒从耳边挪开。那金属般的话音,从听筒里轻轻传出。

"你从叶拉布加带回了什么?请回答,从叶拉布加带回的是……"

森矢慎吾搁上话机,金属音中断了。这时,他身后有了动静,慎吾反射似的转身摆好了架势。

一位姑娘站在那里。

"晚上好。"

她是一个身材苗条,眼角稍稍上翘,有点像人偶的美丽的艺伎。

"您怎么啦?那么吓人的表情。"

"……"

"我叫眉子,请多关照。"

"你好!"

"您怎么啦?真的。"

"没什么,吓了我一跳。"

艺伎眉子关上电灯,只是留着枕边的台灯,然后麻利地宽衣解带。

"刚才下了雨夹雪。"

"是啊。"

"令人讨厌的冬天又来了……"

艺伎从无盖箱里取出浴衣,像变魔术似的敏捷巧妙地换上。慎吾掀起盖被的被领,她就像尖刀入鞘那样将苗条的身子一下子滑进了被窝。

"我的脚很冷吧?"

"冷的。"

"我是冒着雨夹雪跑来的。"

"你没坐车来吗?"

"就在附近。"

"从那个名古屋公司的总经理那儿?"

"哟,真讨厌!是这儿的阿姐告诉您的?太过分了。"

"你是溜出来的吧?"

"是的。他睡得像头猪,鼾声大作,反正他什么也干不了,只会欺负女人的身体取乐。"

"你被他欺负了吗?"

"……"

艺伎缩紧身子,光滑的脚缠上慎吾的身体。

"他对你干了些什么?"

慎吾施虐的心情大增。

"讨厌!"

"哪里讨厌。"

她的身子过于苗条,一只胳膊搂着也可将其折断,然而,又异常奇妙地柔软,可以任意摆布。她并不勉强行事,一边喘息一边在慎吾的耳边讲述黑话一般的语句。

刹那之间,一度中断的记忆又在慎吾的脑海中再次泛起。

——造访柳波芭宿舍的一周以后,慎吾再次被女士叫去。那天夜晚,并不只有柳波芭女士一人,还有一位身穿西服,目光锐利的中年男子和一个身穿军服的军官。

"这一位是 MVD(苏联内务部)的拉塔里别夫中校。"穿军装的军官用清晰的日语说。

"请在那把椅子上坐。"

慎吾的前面有一张很大的桌子,桌子对面是被介绍为拉塔里别夫中校的穿西装的人。他的两边分别坐着军官和柳波芭女士。

"柳波芭女士说,你具备担任更重要任务的能力和意志。从今天开始,我们要对此进行调查。要是我们确认你的确如此,你在这一周里就将得到回国的资格。"

慎吾惊讶地看着中校的脸,中校继续说:

"现在问你的问题,我们想听取你诚实的意见。要是我们的见解与你的不同,也完全没有关系。总之,我们只想确认你现在的真实思想与信念。"

他拿出两本书给慎吾看,一本是西田几多郎的《日本文化的问题》,另一本是恩格斯的《家族、私有财产及国家的起源》。

与内务部的拉塔里别夫中校的谈话持续进行了三天,他向慎吾提出了天皇制的问题、农业与土地改革问题、资本主义和共产主义问题,还有宗教等的问题。

最后一天,拉塔里别夫中校合上迄今为止记录的慎吾回答的笔记本,站起来抱住慎吾的肩胛。

"从今天起,你就是我们的同志了。"

"祝贺你!"柳波芭女士说着,红着脸要求与他握手,穿军装的军官也学着她的样子。

"本周末你就出发去纳霍德卡,从那里被遣返日本。你可以优先上船。"

拉塔里别夫中校将一张打印纸递给慎吾。

"从今天起,你正式成为我们的合作者。我们的目的,就是要在日本实现真正的民主化和建立社会主义社会。你的意见和我们完全相同,今后,希望你在日本帮助我们的工作。"

慎吾默默地凝视着拉塔里别夫中校。

"也就是说,你们要我充当间谍吗?"他问。

拉塔里别夫中校摇着头说:"不是间谍,我们只要求你为了日本的民主化秘密与我们合作。在美军的占领下,今后真正的民主主义者的处境会很困难的,所以,我们要你采用非公开的形式。当然,一旦可以以人民的立场公开活动时,那时就可以堂而皇之地站出来。"

"我明白了。"慎吾说。

对于日本的民主化,他和苏联方的意见基本一致,更能打动他的是,可以实现回国的愿望。他感到只要回到国内,一切都可以从头开始。作为合作者,他当着三人之面,正式在誓约书上签下了名字。

"你回国以后的行动,在接到指令之前是自由的,你应该尽可能构筑自己社会的信用,谋求受人尊敬的地位。眼下一段时间内不会有指令,不过,当我们与你联络时,你必须确实按照指令行动。倘若你无视指令或不遵照实行,均被视为对苏联内务部组织的背叛,那时就会给你合适的处罚,那种处罚不光对你,还包括你在内的所有家属。"

中校摘下挂在墙上的一把大斧子,右手提着它将斧刃贴在慎吾的脸颊上。

"指令将在首次联络成功后发出。联络暗号嘛,对了,应该是什么呢?"

拉塔里别夫中校看着手中的斧子,忽然笑了。

"我们发出的暗号是这样的:你从叶拉布加带回了

什么?"

你从叶拉布加带回了什么？慎吾嘴里在小声地重复。

"听到之后你要这样回答:斧子。行吗?"

"是。"

"你将把一举砍断封建制与资本网络的正义之斧带回自己的祖国。"

"斧子。"慎吾小声念叨。这个词语宛若猛然砍入慎吾心脏部分的斧子的一击,深深镌刻在他记忆的深处。

8

艺伎的脸贴在枕头上,俯卧着趴在床上睡得死死的。他在台灯下确认了手表上的时间,凌晨四点。

慎吾起身后给账房打了电话,叫醒了正在熟睡的掌柜,对方以不悦的声音作答。慎吾让他结账,并要求他叫来出租车,随后离开房间。艺伎完全没有醒过来。

"她一定是累了。"慎吾想起了昨夜的情景。在账房他交了几张万元的钞票,坐上了出租车。镇上还是一片漆黑。

"开快一点儿!"

慎吾告诉司机自家的地址,横躺在座位上合上了眼睛。激情洋溢之后的疲劳感侵蚀了他的全身。

森矢慎吾回到家时,周边还是黑乎乎的,可家里却灯火通明。

"是你啊!"夏江跑出来嚷道,"究竟是怎么回事啊?发生什么事故了?这之前您去哪儿啦?"

"您回来啦。"麻子一副胆怯的表情迎出门来,她的身后儿子阿彰也露出脸来。

"发生什么事了?爸爸。"

"嗯,我多喝了一点酒,烂醉如泥,于是……"

"打个电话回家,我会去接您的。"

麻子挽起慎吾的胳膊说。

"唉,那样做就好了。"

"还是快睡吧,有话明天再说!"

"明天?这不已经是今天了。都是您,搞得一家不太平,真叫人为难。"阿彰一副大人说话的口气。

"对不起。"

"给你,水。"

"嗯。"

夏江抓住电话机,不停地点头。

"所以嘛,我跟您说没必要通知警察,妈妈!"阿彰说。

"什么,你们报警了?"

"可是,站在妈妈的立场上想,她多担心呀。你们结婚二十年来,从未有过的事发生了。全是爸爸您不好!"麻子边说边帮他脱衣服。

这时,慎吾感到,自己绝非单独一人,一定要千方百计地守护这个家庭。

翌日,一早就开始下雨。

当天,慎吾停课一次,在家睡觉。夏江什么也不想询问,看来,她是想过一段时间,另找机会冷静地与慎吾严厉交锋。

这天下午,有一位便衣警察来,向慎吾打听昨晚的事情。慎吾恰到好处地敷衍了一番,那个警察似乎也只是形式上来了解一下情况的。

"好的。那请您多保重。"在警察告辞回去时,慎吾回过头去说。

"这位先生,若有事商谈,请随时找我,我都愿意帮忙。"

便衣警察回去后,慎吾觉得他临走时说的话,竟奇妙地留在自己的头脑里。

"那是谁呀?"

"说是警察科长。"

夏江拿来名片给慎吾看,上面写着警察名叫原根。

傍晚,电话铃又响了。慎吾去接。

"我再一次问你,若不作回答,将被认定你拒绝合作。好吗?"

"喂,喂!"慎吾话音沙哑地说,"要是那样认定,又会怎样?"

"那将由组织考虑。可是,那会导致你失去现在的职务,而且对你的家属多少会产生一定的影响。"

"别别!"慎吾叫嚷起来,"我不允许!迄今为止你们放任了近二十年,到今天冷不防来说这些!"

"我只负责与你联络,处置方法由上峰考虑。怎么样,这是最后一次联络……"

稍作停顿后,对方缓慢地问道:

"你从叶拉布加带回了什么?"

"……"

"什么呀?"

"斧子。"慎吾用手背擦拭着额头渗出的汗水,重复道,"我带回了斧子。"

"好,这样我们算联系上了。你说过已事隔二十年了。"

"是的,我一心以为这事早已过了时效。"

"胡说!你是向内务部正式提交了誓约书,接受了合作的义务,作为补偿,你比其他人优先回国,怎么能佯装不知地混下去呢?嗯!"

"你们要让我干什么?我现在是一个地方大学的副教授,女儿明年将结婚,儿子则正在准备升学。现在,我这种人……"

"今天只是联络,接着有指令下达,再通知你。"

"你等等!"

电话挂断了,慎吾呆呆伫立着,茫然若失。

他想,"联系上了",这又是何意?事隔二十年,他又想起了那个目光锐利的内务部拉塔里别夫中校的容貌。

9

森矢慎吾独自坐在明亮的房间里,从窗口可以看到公园里的红叶。

真没想到,在警察的大楼里竟然有这样的房间,慎吾觉得意外。这房间或许是集中开会时使用的。

"让您久等了,先生。"

"抱歉。"来者就是前两天到过家里的原根科长,今天他身穿制服,动作灵活,"上次让您担忧了。"

慎吾点头致礼。原根科长笑着得体地摆摆手,坐在慎吾跟前。

"警察也很忙碌吧?"

"是啊,马上就到岁末了,杂七杂八的事很多。还是大学好哇,还有寒假放,羡慕啊。"

原根警部要是不穿警服,也许看上去更像颇有能耐的推销员或中小商店的店主。他身材瘦削,头发也开始稀薄,不过那薄薄的嘴唇和凹陷的脸颊,偶然会使人留下特别优秀的能人印象。他的充血的眼睛不时会发出锐利的光亮。

"今天,您又有什么要紧的事?"

"没什么。"慎吾从口袋里掏出香烟为原根科长敬烟,科长摆着手拒绝,"我不抽烟。"

"是吗。"慎吾点上烟吸了一口,开始说,"实际上,有一件完全是我个人的私事,想在绝密的情况下与您商量。"

"没有问题。"原根有求必应地回答,语调中充满了坚定不移的韵味,"我们会绝对保护隐私秘密的。"

"您这么说我就放心了。"

慎吾沉默了一阵,原根科长也耐心地等待着他的讲述。

"实际上,这已经是二十年前的事了……"

慎吾尽可能准确地向他说明了自己过去在叶拉布加的体验,对于可能会引起误解的部分,他会果断详细地描述。

原根科长的表情闪现出隐约的紧张感,但是,他还是镇定地随声附和,努力不让对方察觉出来。

慎吾又详尽说明了回国后自己的生活:与大学教授的女儿夏江恋爱结婚,生育了一对儿女;回到大学研究室又长时间地忍受了贫苦的学术生活,经恩师推荐到地方大学担任讲师,现在已是副教授,明年春天有望晋升教授;女儿麻子已与医学部教授儿子的医生订婚;还有几天之前出现的事隔二十年的联络电话……

"我已经不是二十年前那个血气方刚的青年,加上当时对我而言,无论提出什么条件我都想回国。之后的二十年间,完全没有联系,我总算到了松了口气的时候。那时的交谈只是过去的约定,不过……"

"他们并不是一般的对手,"原根科长说,"俄国人嘛,有必要的话,他们是些会用半个世纪来等待机会的家伙!您之所以会被他们瞄上,是因为他们认定您回国之后有朝一日一定会成为在社会上有用的人。或许到了今天,这帮家伙总算开始要收拢过去放养的羔羊。"

"我该怎么办呢?"慎吾问道。

"您无意为二十年前与他们说定的事守约吧?"

"当然!"

"那该怎么办呢?"

"我就是为此事来找您商量的。"

"嗯。"

原根科长抬起头,话语低沉却很坚定地说:"只有两个办法,一个是接受他们的指令,与他们合作。"

"这我不干!"

"另一个是……"

"……"

"请与我们合作。"

"和你们?"

"是的。我们日本相同的情报机关也充分调查着各种情况。这一次事件若有苏联内务部掺和,那就不止你一人。他们会唤醒日本全国隐藏的合作者,肯定!这不难做到,我们当然不会袖手旁观。所以我们想请先生合作。"

"要我干什么?"

"与那伙人联络,接受指令,并忠实地执行他们的指令。让那帮家伙觉得先生您是位能起作用的合作者。"

"您是让我使他们相信:我是他们的同伙,然后悄悄地与警察合作?"

"那是为了整个日本。"

"可是,那不就是双料间谍嘛。"

"想拜托您帮忙。"原根科长低头行礼,继续说,"倘若先生拒绝配合警方,那么我们就会对您进行调查。"

"凭什么呢?"

"凭您曾在苏联内务部起誓担任合作者,回国后将从事间谍的行为。"

原根科长的目光冷峻,语调中充满了威慑力。

"可是,您有证据吗?"

"先生您刚才所说的话,我们全都记录下来了。"

"……"

"即使因证据不足宣判您无罪,媒体也会引起轰动。先生教授的位置恐怕就难以实现了,还有您家小姐的婚事。"

"你怎么!"

"先生,就干这一次。与其为苏联内务部工作,不如配合日本政府。您只要若无其事地执行他们的指示就成。"

"可是,那帮家伙对我来警察局一事……"

"那没有问题。有一个人在先生家门外监视,我们已引诱诳骗他到别处去了。先生到这儿与我相见的情况,谁也不知道。您回去时,稍稍麻烦些,请从后门绕出去。以后我们会用电话联系。"

"我还没有答应说要干。"

"请您考虑。是为苏联政府工作,还是被内务部的爪牙将您当作叛徒处死。除此之外,只有请您与我们合作这一条路可走。"

又过了一阵,两人分了手。慎吾竖起大衣领子,掩人耳目地从后门离开了警局。

当天晚上,电话又打来了。已经过了十点。

"从叶拉布加带回的东西是……"

还是上次那个人的声音。

"是斧子。"慎吾回答。

对方缓慢地说："我传达指令。明天早晨两点,你要在内滩海岸的弹药库遗迹朝海面方向的第一排左侧等候!当海上有灯光闪灭时,用手电筒画圆,连做三次。如果海岸上有人或者觉得有危险时就左右摇晃。还有,把你的车停在马路边上,把从海上乘橡皮艇登陆的人,用汽车送到 K 市内的 A 地区的指定地点。以上。"

"请再说一遍。"慎吾说。

随后他快速记下了对方重复的指令。

三十分钟后,慎吾给原根科长家打了电话。

"指令下达了。"

"好。"

慎吾把电话中听到的内容传达给原根科长。

"明白。我们会立刻做好这儿的准备。先生您只要按指示行动就行。看来,对方并不知道您与我们取得联系的情况。"

"准备逮捕登陆的人吗?"

"不,"原根科长的笑声传来,"我们不会那么做。那么做就会暴露您的身份。我们会好好监视,看他们如何在日本活动。"

"那好。"慎吾挂上电话,已经到了十一点。他离开妻女,久久地坐在书斋里沉思。

他寻思,实在是万般无奈啊。眼下只能按原根科长的吩咐去做，要是没有教授的位置和女儿的婚姻，那就又另当别论了。

10

夏江翻了个身。

慎吾抬头看了看时钟，一点了。他悄悄起床，穿上衣服。妻子继续熟睡，发出轻轻的鼾声。穿上大衣，围上围巾，慎吾走到屋外，在车库里，悄悄发动了那台老式的蓝鸟小汽车。那是用分期付款的方式从同事那儿买来的二手车。引擎发出了令人讨厌的声响。

穿过深夜的市镇，从车站前驶向内滩，街上几乎没有同行的汽车，不过，慎吾还是要确保安全地行驶。与私立铁道并行的柏油马路不时拐着弯向前，以前进行反对建立内滩试射场斗争的时代，慎吾也曾和学生们一起参加过示威游行。

穿过内滩街，车驶过铁道口，有一处新建的居民新村，沉睡在一片静谧之中，这个地区被称作为"金合欢"。车子爬上劈开刺槐防沙林的坡道，深夜的日本海冷不防黑漆漆地呈现在眼前。右侧可以看到海滨别墅的轮廓，左侧并排竖立着的类似半月形防空洞模样的奇怪的物体，那就是弹药库的遗迹。

途中，慎吾掉转车头，将汽车尾灯朝向大海，然后熄火。深不可测的日本海的隆隆作响的海鸣声忽然传来。天上挂着一轮白色的月亮，身后是一望无垠的刺槐林，左右两侧黑压压地连成一片。

拿上汽车座椅上的手电筒,朝指令的弹药库遗迹处走去。半圆形的水泥表面开有正方形的门洞,里面一片漆黑。

一看手表,已是一点四十分。来得太早了,他又折回到车上,猫在座位上眺望深夜的大海。一想到大海的对面就是二十多年前自己徘徊在生死线上的西伯利亚,慎吾不由得感慨万千。在苏联纳霍德卡上船之际,也许就是眼下的季节。

慎吾忽然想到独自在寝室熟睡的夏江,还有麻子和阿彰的升学之事。

他在想,必须千方百计地闯过这个难关!

他看看手表,确认离两点还差五分钟。来到车外,风完全停了,天上群星璀璨。身后黑压压的刺槐林,仿佛睡着了似的,寂静无声。

慎吾在沙滩上,面朝大海,向左侧的弹药库遗迹走去。四下里没有人影,大洋方向黑乎乎的,只有雪白的浪头鲜明地浮现在眼前,一会儿又消失了。

到两点了。慎吾攥紧手电筒凝视着大洋。

突然,在意料之外的近处有灯光忽亮忽灭。慎吾捻亮手电,画出大大的圆圈发出信号。

慎吾不由扭头看看身后,在那片刺槐林中,在沙丘的背面,抑或在弹药库里面,原根科长及他的小组一定在什么地方全神贯注地看着自己呢。

慎吾在等待,视线穿透夜空,侧耳倾听。忽然,在白色的浪头之间,他好像看到了黑黢黢的圆形橡皮艇。

——就是它吧。

他站在海边等待着小艇,橡皮艇在浪尖沉沉浮浮地靠近,模模糊糊地看到两个男子双手划动着船桨。慎吾心想,自己等待着的究竟是什么人呢?

橡皮艇靠近海岸边,一名男子头上顶着一个高高的黑箱子跳进海水里,那儿是海边不深不浅的地方,海水只浸到男子的腰部。

橡皮艇试图再回到海面上去,可能前方有大型轮船正在等候。捧着箱子的男子朝慎吾缓缓走来,摆好了随时准备战斗的架势。

那是一个腿脚粗壮的大个子男人,脸部看不清楚,不过并不是东方人的体格。他站在慎吾面前,把箱子放在沙地上,手插在口袋里,用带有方言腔的日语问话,那是沉重的男低音。

"你从叶拉布加带回了什么?"

"斧子。"慎吾回答。

"车子呢?"对方问。

"停在那边。"

"好的。"

他捧起箱子,摇摇晃晃地走在沙滩上。

"要我帮忙吗?"

"你别碰!"

上车后,那男子递来一张纸片,那是 A 地区的简图。

"明白了。"

慎吾点着头发动了汽车。小车通过刺槐林,驶过私立铁路的道口,穿过内滩的街区向前驶去。

"叶拉布加怎么样了?"

"不知道。"

"那边已经下雪了吧?"慎吾说,"我在那个城市待过。"

男子默不作声,他戴着眼镜,把脸埋在大衣的领子里,不停地捋上衾拉到额头上的褐色的头发,问道:

"要走多少时间?"

"再开十分钟就能到达。"

"开快点!"

"开得太快会有麻烦的。"

慎吾心想:会有什么麻烦呢?

——早在二十年之前,我就遇上了麻烦……

引我上钩的警察原根科长其实也一样。慎吾想,今后自己的命运将会如何? 夏江,还有麻子呢……

前方出现了黑色医王山的轮廓,他静静地踩下油门。后视镜中映照出后续车辆的车灯,慎吾心想,那该是原根科长的车吧。就在这时,他仿佛看到无边无际的黑夜上空尽头,一把巨大的斧子在无声无息地摇曳。

天使墓地

1

第一个发出叫声的是副队长江森。

"掉下来了!"

尖锐的惊叫声使全体学生回过头去。

"飞机掉下来了!"

江森的脸因为巨大的恐惧而龇牙咧嘴地痉挛,宛如拳击运动员固定的防守姿势那样全身僵直,只有面孔冲着天空。学生当中也传来了惊叫声。

队长黑木贡,条件反射似的仰望天空,刹那间,他不由地做了一个抬起手肘遮住脸部的动作。一个巨大的难以置信的黑影,冷不防从低沉的云团缝隙处闯入他的视线。

"卧倒!"他大声叫嚷。

然而,学生们都像冻僵了似的伫立着,连黑木自身也上身斜仰地望着坠机,茫然自失地呆立着。

黑木完全记不清飞机是以怎样的形式,如何往下坠落的。映入他眼帘的只是一个黑乎乎的、巨大的影子,从头顶掠过,噩梦般地倒栽下去。

接下去的瞬间,脚下摇晃,下腹震动沉重的冲击声向全体人员袭来,女生惊叫起来,直到这时,他们才争先恐后地扑向雪地。可是,只有一下沉闷的爆炸声,之后什么声音都静止了。黑木贡身为高中教师,还在脑中思索,刚才看到的是什么。那可不是幻觉,其证据是,凄厉的爆炸声此刻再次通过雪地传来,说明飞机的确是坠落了。

一九六×年一月三日下午二时二十五分,在北陆两个县交界的县境处,H山山系南端的温美我荒原上,由教师带领的五位高中生生还,他们还是目击这起突发的飞机坠落事故的唯一的一行人。

以黑木贡为领队的登山小队抵达速见部落是在前一天的下午。速见部落被埋没在厚厚的积雪中,寂静无声。

他们在公民馆的庭院里支起帐篷,设置了大本营。完成作业后,大家围着领队黑木,再一次确认翌日的行动计划。

"老师!"谷杏子目光炯炯地盯着黑木。她是一行人中唯一的女生。她算不上是个美人,但是平时活跃在篮球俱乐部,体型很好,五官端正,是很受男生们关注的姑娘。这是她第三次参加冬季登山。

"和老师一起登山,这是最后一次了吧?"她说。

黑木一面给相机装填胶卷一面回答:"你若能按时毕业,也许就是最后一次吧。"

男生们哄笑起来。

"我要再留一年,和老师一起登山,"江森慎一说,"去登真正的大山。"

他是黑木供职的Q商业高中山岳部的队长。从第二学期开始,已换成二年级学生担任新队长,不过,实际上现在他还是登山队的头儿。他的体格健壮,是个有点儿不良少年倾向的学生。

利用在校的最后一个寒假,提议为即将毕业的三年级队员举行一次纪念登山活动的就是他。

"搞一次真正的登山吧。"江森提议。

然而,黑木一下子就否决了他的提案,作为登山部的部长,那是理所当然的事。他不可能接受未列入登山部年度计划的临时提议。

可是他也不能完全无视三年级队员们的登山期望,对即将就业的他们来说,是对学生时代的一种告别。对于不去大城市的大学升学,大都分散到地方中小企业去工作的少年们,黑木也有一种感慨。黑木自己曾在东京私立大学的山岳部有过不少辉煌的登山经历,正因为如此,他觉得学生们的小小的希望是值得同情的。

黑木决定选择 Q 商业高中所在 Q 市范围内最易攀登的 H 山系的白羊山为目标。白羊山是高等级登山家们几乎一无所知的山,海拔 1489 米,位于北陆地区两县交界处,是一座平凡的山。若是在夏季,它充其量只是女孩子们远足徒步旅行的线路。但是,一到冬季,它就不那么简单了。黑木以前曾经两次攀登过,知道它的麻烦。问题在于气候,西北风带来的降雪,一眨眼的工夫,那儿就会变成零视野的暴风雪。

去白羊山登山的线路途中,有一块温美我荒原。令人害怕的是在这块地方迷路。温美我荒原直径约三公里,那儿密密匝匝地长满两米高的白山竹,行进的山路如同迷宫。要是在那儿遇上暴风雪和气流,找不到路,那就完蛋了。在灌木丛中迷路极易消耗体力,倘若误闯进东侧地区,山势坡度陡峻,又有遭遇雪崩的危险。

不过,只要看好天气慎重行事,应该不会有什么不安。黑木说服了一脸不满的江森,决定了行动目标。参加者是男生四人,女生一人,加上黑木,组成六人的小分队。完全不必担心参加者中有女生,谷杏子无论在体力上还是意志上都不会输给其他成员,通过迄今为止的几次冬季攀登,黑木有把握确认这一点。

"天气预报说,明天不会下雪,"黑木说着,看了看同学们的脸,"不过,北陆地区的天气是啥玩意儿,你们应该都知道的。"

"嗯,"一个学生点头说,"有道是:哪怕是忘带饭盒也别忘带雨伞。"

"是啊。就在你以为要下雨加雪的时候,却是难以置信的晴朗;看到天上的部分碧空觉得放心,一转眼就下起冰雨,然后就是大雪。那天气反复无常,无法做三十分钟后的预测,容不得丝毫的大意。这一点必须牢记。"

"没事儿,"谷杏子拍拍滑雪衫下丰满的胸部笑着说,"我们和老师不同,是当地人。"

"说得对呀。"黑木笑了。黄色的灯火照射下注视着自己的五张面孔,对黑木而言都是难忘的。他三年前离开东京的大学,到 Q 商高赴任时,正好这些学生入学,可以说,他们是黑木的同期生。

"三年了……"并不冲着哪个特定的对象,他喃喃自语。黑木纯朴的感慨也感染了同学们。

"咱们唱首歌吧。"江森说,他似乎要驱散眼下这伤感的气氛。

"好呀。"

他们合唱起了黑木不会唱的民歌。

——我们的时代流行的是青年歌集或歌谣曲。

黑木心想,二十七岁的他有一种自己已经老去的感觉。走出帐篷,只有几户人家的速见部落也已熄灯,掩埋在银灰色积雪中的住房,看上去很像蹲在那儿的黑色动物。西南方向刮来潮湿的微风。天空阴沉,山里不时传来树木折断的尖锐的声响。

"老师,"身后传来了谷杏子的声音,"您在看什么?"

"没看什么。"

谷杏子与他并排站立,他感受到她头发上那独特的气味。

"毕业后,我将去伯父在神户的公司工作。"

"是啊,我听说了。"

谷杏子不再吭声,就此沉默了一阵。远处又传来树木折断的声音,黑木拘谨地忍受着,只要他伸出手去,杏子那反应灵敏的有分量的身体就会倒向自己怀里的吧。帐篷里的歌声停止了。

"那么,晚安!"杏子声音嘶哑地说。

"晚安。"黑木回答。这一次下山后,他打算去拜访谷杏子的双亲。毕业后,他们俩就不再是师生关系了,变成单纯的成熟姑娘谷杏子和高中的单身教师黑木贡。

他独自点头,朝帐篷处走去。身后又传来树木折断的凄厉的声响。

——讨厌的吵闹声。以往可不这样的。

不知何故,黑木有一种不祥的预感。他喝了一口急救用的白兰地,钻进了登山用的睡袋。这是昨天夜晚的事。

黑木一行六人目睹那个事故,是在完成了预定的白羊山登顶之后的归途中。地点在温美我荒原附近略偏东侧的地方。

运气不错,碰到了好天气,登山小分队比预定提前一小时踏上归途。下午两点,接近了温美我荒原,看这情形,即使不加速,估计五点之前也能返回大本营。

到了温美我荒原的中央部,风力开始增大,乌云低沉,风向由西南变为西北。雾气出现,视界一下子变得又小又窄。黑木走在队列最前面,他不时回头朝后面看,并加快了行进的速度。看上去,以江森为首的队员们,包括谷杏子在内都不怎么疲劳。

在超越温美我荒原中心部的地方,黑木站定,稍事休息。这时,他听到了江森的叫嚷声,黑色的机翼从他们的头顶掠过。

伏在雪地上好几分钟了,黑木依然无法判断。毕竟是受惊不小。

"老师,"江森的声音传来,"不要紧了,刚才的确是一架喷气飞机,漆黑的大家伙。过去瞧瞧吧。"

"等等!"

黑木从雪地上爬起来,迅速清点人数。连自己在内是六个人。

"都没事吗?"

"是!"

谷杏子脸色铁青地回答。她的嘴唇发白,战战兢兢地望着前方。

"别管坠机,要尽快地离开温美我荒原。瞧,风向变了。很快会下大雪,在这里遭遇暴风雪会很麻烦,尽快撤回大本营!联系飞机事故的事以后再说。"

"下雪了……"有人说。

那话声被狂风吹散,只听到一半。温美我荒原赤裸裸地表现出它那凶暴的意志。昨夜预感到的不安冷不防地来临,使黑木感到恐惧。

暴风雪的速度远比登山小队行进的速度快,转瞬之间,一切都变了,强劲的西北风裹挟下的大雪,夺走了大伙儿的视线。

感觉上已经走了一个小时,不对,两个小时了,看看手表,其实才走了十五分钟。黑木判断,在这儿转悠很危险,既然如此,还是挖个雪洞,猫在洞里等待才对。

"挖雪洞吧!"黑木拉住江森,在他耳边咆哮。江森只是

167

点了点头,为了避免雪洞被一点点刮散,他在寻找积雪堆大的地方。

黑木的眼前突然竖起一块巨大的岩壁,刹那间,他惊出一身冷汗,心想莫非已迷失方向闯进了东侧的悬崖峭壁处?不过,情况并不是这样。

黑木看到的是一块巨大的金属尾翼,意识到这一点时,他还是产生了同样的恐惧感。那块尾翼作为飞机的一部分,也实在显得太过巨大了。

"是喷气式飞机,"江森抱住黑木的脖子嚷道,"钻到这玩意儿里面去吧!"

"行!"黑木说。

悄悄靠近尾翼,陷入雪中的飞机身体部分显露出来。飞机从中间断成两截,其他部分插进土里了。它的身躯甚至比二层楼房还要高大。江森在手够得着的近处,发现了向上翻起的金属板。黑木把学生们一一推进机体,自己最后才爬了进去。

里面一片漆黑。学生们手拉着手,屏住呼吸。黑木取出铅笔状小手电,拧亮了开关。

眼前是一番奇异的光景:地上堆满了毛细血管般的一束束配线,近在咫尺的眼前,倒着一个身穿航空制服的男子,像放在洗衣机中滚过的毛巾一样,手脚扭弯着,屁股搁在脑袋上。

"不,不!"杏子激烈地大哭起来。

"坚强些!"江森按住谷杏子的肩头大声吼道。

雪花与突然刮起的暴风一起钻进机体内,刚才大家进入机体处的金属板被风刮得像要揪断似的震动。江森拽过一只绿色的箱子,将那儿的金属板压住。

暴风的声音一下子远去,黑木挤进学生中间,关上了手电。

"大家尽可能靠在一起,只要在这儿,就是安全的。不必担心!"

柔软的身躯靠向黑木的手臂,他想,准是杏子。他用力抱紧她。她剧烈颤抖着,更紧密地贴近他的身体。

暴风的声响感觉上渐渐减弱了。

五个小时后,风停了。黑木悄悄挣脱了杏子的手,挪开绿色的箱子朝外张望。巨大的飞机尾翼,融化在夜空之中,看不清它的顶端。打开手电,黑木从机体断裂处走到外面,大雪静静地从天而降,用手电照亮机体断裂处陷进雪地的部分,一个奇妙的天使符号出现在眼前,图案是一个白色的圆圈里,一个黑皮肤的天使抱着一颗炸弹正在飞翔,下面有英文的字母。

——BLACK ANGEL

"黑色的天使……"

黑木并没有意识到它的含义,不过,一种难以言表的恐惧感沉重地压在心头。

怀着一种看到了不该看到的东西的心情,他闭上了手电,回到学生中间。伸手不见五指的黑暗之中,音乐节目的播音员热烈地讲述着什么,那是江森打开了随身携带的小收音机。

黑暗之中,黑木贡蜷缩着身子陷入沉思。由于太过寒冷,他无法入睡。不光因为寒冷,作为一名领队的教师,责任感也正在折磨着他的心灵。

前一个晚上,他虽然提醒过大家注意靠日本海一侧山地气候的令人恐惧的一面,但是,今天在温美我荒原遭遇暴风雪,让他觉得自己早先的判断有点天真乐观了。

之前,黑木曾经与学生一起二度攀登过冬季的白羊山,那两次都无惊无险地轻松完成,给自己留下了很深的印象。按常理来说,这一次绝不是鲁莽的计划。非但不莽撞,计划也考虑得万无一失,以至于江森和谷杏子还表示了不满。但是,常识和经验不适用于冬季登山,这又是另一个常识。

天气骤变时,他们一行人正抵达温美我荒原的中央部分,暴风雪完全遮挡了大家的视线后,只要再走不到一点五公里距离,就能到达猪谷新道公路。若是能够沿着来时的脚印和为慎重起见在温美我平原上额外插立的标识旗行走,理应不会走错方向的。然而,现实的问题是,他们已经迷路了。难道这是因为目击到意外的飞机坠落事故使得黑木惊慌失措、失去了冷静才造成的吗?

"老师……"身后传来江森的叫声。

"什么事?睡不着吗?'

"明天该怎么办?"

"雪一停立刻出发。只要到达猪谷新道,之后问题就不大了。到达大本营有两个小时就足够了。"

"问题在于天气啊,"江森一副成人的口气,"收音机里报明天还是下大雪。"

相比他的岁数而言,江森有其老成的一面,有时,他会显得十分镇定,一副见多识广的样子。听说这个学生的父亲开了一家破旧的电影院,每天晚上,他会陪着父亲喝上两盅。江森对黑木说话的语气,与其说是师生,莫如说是朋友。黑木也以同样的方式对待他。在教师之间评价不高的学生江森,与黑木倒挺合得来,很配合他。

"看来当地对今天发生的情况还毫无察觉呢。"

"是吧,"黑木说,"我向学校提交的计划书里说,我们四日回校。要是明天一整天仍未接到联络,他们就会大惊小怪起来。"

"老师这一次恐怕要挨剋了。喜欢胡说闲话的家伙太多。"

"嗯,这是我的责任,也没办法。"

"明天要是暴风雪照旧,该怎么办?"

"要是你,会怎么做?"

"我觉得还是原地不动为好。"江森小声嘀咕着,"并非我们胆怯,这温美我荒原实在让人有不祥之感。还是躲在这家伙里等到天气转好以后再行动。"

这想法与黑木的思考相同,只要经得住严寒就不要紧。向学校提交的计划书中明明白白地写着他们往返的路线是:速见部落→猪谷新道→温美我荒原→白羊山,哪怕一两天固守在这儿无法行动,救援队伍一定会前来寻找。其实,即便视线不是很好,黑木还是有自信能够找到猪谷新道的。不过,黑木现在的想法是,事到如今,应该选择百分之百安全的办法,采取慎之又慎的行动。

"这架飞机,究竟是怎么回事儿?"江森喃喃自语,"一定是美军的喷气机,可收音机的新闻报道里却只字未提。这是为什么呀?"

"谁知道,大概除了我们之外没人看到它坠落。行了,睡吧。"

"我还是第一次看到这么大的家伙!"

"嗯,现在我们所在的好像是机体最后面的部分,尾翼已经折断,被风刮跑了。"

先前黑木看到的地方,机体断裂处有其他残骸覆盖,正好封住了洞口,因而现在大伙儿所待的地方形成了一个密封的空间。

"黑天使"一词印在黑木的脑海中。"这会儿咱们正待在黑天使的胎内啊……"想到这儿,一种不明所以的不安一下子袭来,昨天开始发生的异常事态,全都成了梦中的内容。

身旁,谷杏子轻轻啜泣起来。

"挺住!这可不像你啊。"黑木说。他朝她的方向转过身去,听到她在喘着大气,仿佛在忍受着什么。

"你,怎么啦?"

"不要紧。"谷杏子回答,之后便一声不吭了。外面再次刮起了大风,黑木感到无法看见的大自然的恶意正在步步紧逼地包围着他们,而此刻在暴风雪中守护着一行人的飞机残骸,难道不就是"黑天使"设下的一个不祥的圈套吗?

黑木醒来时,四下里还是一片漆黑。

他打开电筒看看手表,已是早晨七点。学生们不知从哪儿找来的,他们都躺在洁白柔软的棉布里。

"老师。"一个学生闭着眼睛叫道。

他叫白井,是个老实巴交,身材高挑瘦削,肤色白皙,头脑灵活的好学生。他说自己的目标是取得一级簿记员的资格,一边工作一边学习,已通过了会计考试,不久就会成为一名国家承认的会计师。他已经决定去东京的一家会计事务所供职,表面看上去有点弱不禁风的感觉,而实际上却是个具有坚忍不拔气质的学生。

"那是什么呀?"

"降落伞。那里面放了好几顶,裹上这玩意,可比睡袋还暖和呢!"

"有多少啊?"

"三顶。两个人用一顶。"

黑木起身,去挪动堵在飞机断裂处出入口附近的绿色金属箱子,凄厉的狂风和暴雪冷不防扑面吹来,黑木赶紧将箱子推回去,风又止住了。

"夜间的狂风就没有停过。"是江森的话音。黑木转动手电,射向江森的方向。他那充血的通红的眼睛瞅着这一边。

"看来我们是真正被困在这儿了。"黑木说。

"这倒没有啥……"江森有点儿结巴了。

"怎么说?"

"那家伙有点儿不对劲啊。"他的下颔朝谷杏子那头翘了翘,她用降落伞裹着身子俯卧在地,"她哼哼了一夜。"

"我还以为她在哭呢。"白井吃惊地说。

黑木将手电光照向谷杏子,伸出手去摇了摇她的肩胛。

"哎。你怎么啦?"

她没有回答,而是抬起头来,发出轻轻的呻吟。杏子的脸色惨白,额头渗出一层油汗,刘海紧贴在额头上。

"肚子疼……"她呻吟着,"疼啊。"

"哪个部位疼?"

"下面……"

黑木伸出手去握住了谷杏子的手指。手指的高热让他大吃一惊。她稍稍犹豫了一下,把手移向自己的腹部。

"是盲肠炎吧?"白井说着,看着黑木的脸。

"哎呀。"

"疼啊。"谷杏子扭动身子呻吟,有点儿呕吐。

江森咋了咋舌,低声说:"见鬼了。"

"快拿匹拉比妥镇痛,药箱!"黑木故意语调冷淡地命令。不过,他已经知晓了事态,坏事已接二连三地发生了。谷杏子身子蜷作一团,脑袋抵住膝盖,忍受着。

"水!"

"是。"

茶杯很快递了过来。不知什么时候,其他的学生都起来了。递过杯子的是一行人中最最胆小的木岛,他的长相多少有点像老鼠,这会儿正哭丧着脸瞅着黑木。

"没事,别担心!"

黑木拍拍小个子木岛的肩头,像在为他打气。然而,大家都感到事情并非不要紧。飞机残骸外面,暴戾的季风怒吼着,谷杏子伸出发白的舌头开始喘息。

当天下午,听到飞机引擎的轰鸣声传来。

最先意识到的是江森。他推开金属箱子,突然跑到外面。黑木紧随其后也跑了出去。

外面暴风雪肆虐,强大的风压使黑木不由踉跄起来。视线极差,疾风大到他要用双手捂住脸,才可以勉强呼吸。

引擎的轰鸣反复响了好几次,使他俩一再盯着上空确认。然而,飞机上的人是不可能发现他俩的,不久,引擎轰鸣声就听不见了,恰似被狂风吸了进去那样。

这一天,暴风雪一整天没有停歇。入夜后,谷杏子的呻吟声越来越响了。

当天夜晚,大家听到了一种不可思议的声响,它就像煤矿里的爆破声,好似雪崩发出的声音。那声音随着西北风刮来,只停过一会儿。

"老师,刚才那声音是什么声响啊?"

"唉,我也不知道。"

黑木暧昧地回答,心想,一定又有什么坏事发生了。

"这黑天使把什么灾难都给我们带来了。"他在心中嘀咕,仿佛看到那黑色巨大的机翼为他们全体人员投下了最不吉祥的阴影,不由得浑身颤抖起来。那绝对不光是严寒引起的。

当天下午,又发生了一件恼人的事故。一片黑暗之中,花村踩到了江森的小收音机,跌倒后摔伤了膝盖。

花村是三年级学生中数一数二的大个子,那只半导体收音机被他的钉鞋踩到后立刻完蛋。他吓得将庞大的身躯缩作一团,赶紧道歉,江森抬手就给他一巴掌,花村拖着哭腔赔不是。黑木的心情越来越黑暗,如此一来,当地的动向和天气预报就完全无法知晓了。花村的膝盖肿得厉害,一定相当疼痛。

谷杏子刚刚服下加倍安眠药,发出很大的鼾声睡着了。用手电一照,她的脸颊瘦削,眼睛下方出现了青黑色的眼圈。

当天夜晚,黑木彻夜不曾合眼,苦苦思索,凌晨,迷迷糊糊之际,又被谷杏子的呻吟声搅醒。

大雪依然随着狂风落下,江森、白井、木岛、花村谁都没能入睡,他们裹着降落伞布,聚在黑木身旁。

"嘿,大家听我说,"黑木开口,"昨夜想了一宿,要是这样等下去,她可能会被耽误。可是,在这样的暴风雪中扛着她冲出去又不可能,花村的膝盖还在疼痛。看时间,学校的人也应该出动了,但是必须尽快为她采取措施。"

"再这么拖下去,可就完了!"江森说,"那么我们该怎么办?老师。"

"你们在这儿坚持,我现在立刻一人下山去速见部落,带领救援队前来!"

一时间,谁也不吭一声。

"不过,靠得住吗,老师!"白井不无担忧地说。

"得想方设法试试。"

"可……"

"与其在此傻等,这样做,救援行动将会顺利许多。怎么样?"

"要是老师无法到达部落呢?"江森平静地问。

"那也不赔不赚呀。救援队肯定迟早会来的!"

"那又为什么非去冒这个险呢?"木岛说。

"为时间。我去了,救援队就能快点到达。"

黑木探听着谷杏子睡眠中的呼吸,轻声回答。

"她需要尽快接受手术,好像已经引发了腹膜炎。再这么拖下去,即便救援队赶到也救不了。我去的话立刻就能做好医疗准备,还可以请自卫队出动直升机,先把她送进城里。"

"我也一起去。"江森说。

"不,我一个人就行。"

"要是迷路走进温美我荒原东侧的绝壁,那就彻底完了。"

"我知道。"

黑木制止了大家,继续说:"就这样,总之,无论发生什么事,都待在这儿别动。计划书中写得明白,根据天气状况,救援队或许会晚些,但肯定能到达。从现在起,江森负责,白井、木岛、花村,听清了吗?"

"是。"大家回答。

江森沉默着,谷杏子又呻吟起来。

黑木冲进暴风雪中,那是疯狂肆虐的充满暴力的西北风,雪烟遮挡了他的视线,卷紧他的身体,估计风速超过了每秒二十米。

一瞬间,狂风会骤然急停,沉重的大雪垂直下降,那是大自然的恶作剧。刚松了口气,猛烈的暴风突然刮起,要将黑木一下子掀倒。

黑木走得相当谨慎,没有必要着急。只要方向正确地直行,只有一点五公里的行程。令人害怕的是迷失方向,有两个陷阱正张大黑暗的开口等待着他,一个是在暴风雪中转圈的危险,另一个就是迷路走到温美我荒原东侧的绝壁处。

他一面慎重地计算着风速造成的误差,同时,不着边际的回忆浮现在脑海中。

他想起去年夏天,自己瞒着其他成员,与谷杏子沿着后立山山脊行走时的情形。在鹿岛峰眺望的雪溪,站在自己身旁气喘吁吁的那张白皙的侧脸。当时他内心充满着对其他学生的负疚感,以及因此而产生的更加强烈的甜美的优越感。那是自己作为高中教师参加工作后第三个年头的夏季的记忆。

肩膀宽阔、身体结实的江森的形象浮现在眼前,那是他不知从哪儿探听到黑木与谷杏子一起去了后立山之后的事。

"喂,老头儿,跟我决斗吧!"

黑木想起放学后将自己叫到后山,摆出决斗姿势、一脸恐吓表情的江森的模样,不由地泛起了微笑。那小子对自己表示信赖就是在那次格斗之后,也就是那时,黑木才知道江森是迷恋着谷杏子的。

强大的风压冷不防地压在背上,黑木的脑袋一下子扎进了雪堆之中。爬起来后,这一次强风迎面刮来,呈旋涡状的大风袭来,黑木咬紧牙关,面朝看不见的敌方继续前进。

时光在流逝,黑木渐渐感到不安起来。回过头去一看,什么也看不见,顿时惊得呆立不动了。一种是否误闯了东面陡坡的恐惧感笼罩了他。就在这时,他看到前方的黑乎乎的东西,不禁发出了动物般的叫声。那是他记得的山毛榉树林,那儿正是猪谷新道的标记点。

黑木贡来到新道公路上时,颇具讽刺意味的是,风势也显得小了,他顺利地走下了新道。积雪很深,可是,心理上的不安消失后,动作便自由轻快起来,仿佛忘却了肉体的疲劳。

又走了一个小时左右,来到了蛇洞。蛇洞是为了让国有森林采伐者运送木材,在山崖腰部挖通的一种隧道。说是隧道,其实是在悬崖边缘处开挖出一块地方,嵌入几十根木材立柱,从下往上看,弯曲的部分活像蛇的腹部。

来到隧道跟前,黑木有一种异样的预感,陡峭悬崖底下的积雪上,散乱坠落了许多隧道立柱用的木材。

当他看到隧道弯曲部分的时候,预感完全应验了。

隧道对面的一半与悬崖一起完全崩落了,并不是雪崩,大概是大规模的山体坍塌造成的。悬崖本身就像被切削过一般,消失得无影无踪了。

下面是陡峭直立的绝壁,上方是层层叠叠裸露的岩石。通向大本营的道路只有这一条。连接速见部落和温美我荒原的猪谷新道这个部分被完全切断了,黑木茫然地伫立在消失了的隧道前。

就在刚刚坍塌的悬崖的新鲜遗迹上,从侧面再次开始刮来暴风雪。黑木实在没有再返回温美我荒原去的自信。

"全是黑天使造的孽!一定。"

他的膝盖颓丧地弯曲,上半身坍塌似的倒向雪地。此刻,他只想睡觉,其他什么也不想。猛烈的雪雾包裹住他的身体,夜色渐渐在猪谷新道上降临。

在非梦非醒的朦胧意识中,黑木贡听到了重金属引擎的轰鸣声,那声音在他头顶来来回回不停地飞越轰响。

"是喷气式的直升机吧。"他想。有多少架呢?不,大概有数十架数百架吧。那引擎轰鸣声是重叠的,连续不断的,宛如海啸一般响个不停。

他以为自己一定是在做梦,怎么可能有那么多的直升机在天上飞翔呢?

"万一不是做梦呢……"想到这儿,他浑身颤抖了。不是梦的话,那就是幻听,自己听到了实际没能听到的声音。接下去,自己还会看到没能看到的东西。自己看到了隧道那一头的灯光,听到了人们的呼唤。然后自己跟跟跄跄地走去,朝深不见底的断崖处,向着虚妄的空间走去。这时,所有的一切都完蛋了。

他又想到,那不停轰响的引擎声,应该是高空肆虐的季风的声响,一定是的。既不是梦境,也不是幻听,只是单纯的错觉。

然而,那引擎轰鸣声横穿过黑木贡倒地的猪谷新道上空,确确实实地向温美我荒原方向飞去。那残酷的西北风,一到深夜,就不可思议地忽然不知跑到哪里去了,异常潮湿的大雪静谧、笔直地降落在大地上。

当天夜里,大量的引擎声响一直持续到凌晨,三天未见的阳光照射到温美我荒原时,那引擎声才停止消失了。

2

眼前是白色的闪光,然后是激烈的叫骂声和物品的倒地声。

"这闪光,是啥玩意儿?"

黑木贡恢复意识的时候,正躺在一个雪白房间的铁床上,眼前的上方有一张女人的脸。

"杏子!"他叫道。可是,那张脸并不是谷杏子的。

"他醒过来了。"

护士说着,回头看着身旁的人们。

"江森呢?"黑木问。他想在床上撑起上半身,护士的手按住了他。

"木岛怎么啦?谷杏子的手术做好了吗?"

"嘿,你得安静些,"护士哄骗孩子似的轻声说,"好好再睡会儿吧。"

"累得够呛啊。"站在床边的一个男子说。

"也难怪呀,学生们都死了,就自己一个人活了下来。"

"你在说什么?"黑木睁大眼睛,呻吟般地问道。"说什么?"

"我在说你要懂得羞耻。你倒好,厚着脸皮活着跑了回来!是个教师的话,就该自己……"

"别说了!"身穿白大褂的年轻男子制止了他,"现在这样发火毫无意义,还是让他先安静休息。好,新闻报道的相关人员都请出去。等到他能够正常讲话时,再叫大家进来。"

白衣男子的下方有个正在按下快门的人。一根绑有麦克风的棍子杵到黑木的额前,聚光灯在闪亮。

"你现在的心情如何?请说一句吧。"

黑木扭头逃离了麦克风。

"充满了对学生家长们的愧疚,是吧,唉。"

类似播音员的声音在自说自话,随后,聚光灯熄灭了。

"来吧,大家都出去!"指责黑木的男子,语气强烈地说,"医生护士也都出去!"

"不过……"

"都请出去。我有点事情需要调查。"

"请尽量简短些,我们要对患者负责的。"

"是的,我们知道。请吧。"

年轻的医生不高兴地催促护士走出了病房。雪白的病房里恢复了安静,只留下了黑木和那个目光锐利的四十五六岁的小个子男人。

"身体感觉怎样了?"那男子故意温和地问,话语中隐匿着一种独特的强加于人的意味和恬不知耻的自信。

"不要紧,"黑木低声说道,"我这是怎么了?可以的话,请向我说明一下情况。"

"好吧。"那男子说。他身穿不起眼的灰色西装,以令人难以想象的敏捷动作拉过一把椅子,朝椅背反坐,讲了起来。

"今天是一月八日,你是前天傍晚在猪谷新道途中的蛇洞附近被发现的。"他用事务性的正确的语调向黑木说明了这三天来他们的行动,活像警察在向他宣读调查结果。黑木倾听着,对照他所说的内容回想自己这三天的行动。

"最早报告情况的是学校,他们说,教员黑木贡率领商业高中的五名三年级学生,其中由男生四人,女生一人组成的登山队,过了预定日期仍未回校。虽然计划书上写有四日傍晚回校,但当天并没有回来。于是,学校与计划书中写有的大本营设定地的速见部落联系,但发现他们不在那儿。五日早晨,学校方面判定他们已经遇险,向各方面做了通报。以当地Q町山岳会为主,加上Q商高的OB山岳会和邻县的R大学山岳部,大家紧密协作组成救援队。五日下午,第一支救援队离城出发,从大本营的速见部落朝猪谷新道前进,因为了解遇险的登山队的行动路线,所以救援队打算穿过猪谷新道,直奔温美我荒原。然而,在蛇洞的隧道跟前,发现了无法预料的事态。"

"是悬崖崩塌吧。"

"是的。那可真叫人为难,而且天色已晚。救援队本来设想当天攀上温美我荒原的入口处,将那儿作为前进的基地,可是,那是不可能实现的。所以让他们先回到大本营,与后续队伍合流后再重新编队。"

"当时我就在隧道的另一侧,听到直升机的轰鸣声响了一夜。"

男子的脸上,露出一丝紧张的神色。不过,他若无其事地继续说:"那是航空自卫队从 Q 基地起飞的大型直升机,只要雪停,他们就会用照明弹在温美我荒原搜寻。"

"那以后呢?"黑木问。

"完全不成。风是停了,但大雪使视线一点儿也看不清。"

"就那样飞了整整一夜吧?"

"是呀,山地的气候出人意外地变化。大家等待着机会,出动了好几架飞机。"

黑木缄默了,总觉得明显有自己不可理解的地方。为什么?他想到了,自卫队为什么要执行如此危险的飞行?男子以奇妙的敏感看穿了黑木的眼神。

他接着说:"Q 基地的航空自卫队需要对本地区的居民进行积极的宣传活动,飞机的噪声,跑道的扩建,都会引起他们的不满。还有人煽动说,一旦发生战争,这儿会成为导弹攻击的目标,所以嘛,在这儿要展现自卫队可信赖的一面。"

"后来呢?"

"在大本营集结的救援队,在前天六日早晨开始正式的救援行动,他们决定放弃穿越猪谷新道,改走完全没有用过的夏季道路,那可是条相当危险的路线,但是,除此之外没有其他方法。救援队打算从夏季道路向温美我荒原前进,在那儿一部分人去白羊山,另一部分人朝猪谷新道方向,顺着遇险登山队走过的路线搜寻。而且,他们成功地穿过了夏季道路,于当天下午到达温美我荒原,再以荒原为中心搜寻你们。"

"救援队就在荒原中心部分吧?也就是那架飞机坠落的地方。"

那男子盯着黑木,一副不明所以的表情。

"你说什么?什么飞机呀?"

"美军的喷气机呀,那架大得惊人的黑色飞机残骸,就是在那儿!"

"你在说些什么呀?哪儿有那种东西!"

"怎么那么傻!"黑木踢开毛毯,支起上半身嚷道,"学生们就在里面!"

"好,我听你说。"那男子安抚他。

黑木自始至终正确无误地讲述了从三日下午至五日自己到达蛇洞隧道为止的经历,他累得有些晕眩,却不能不说。

那男子以怜悯的目光看着黑木,但是倾听时的表情有些紧张。

黑木不加任何粉饰地按照事实讲述了自己看到的东西和登山队的行动。

"明白了,"男子说,"你需要休息一阵子。神经大受刺激啊。反正,你那些学生们是回不来了。搜索到今天已经截止,没有发现他们任何一人,气候还在恶化中,或许,被你抛下的学生们迷路走向了东侧危险的绝壁。得救的只有你一人。到了春季,进行再搜寻时,一切就会真相大白了。"

黑木闭上了眼睛,仿佛遭到了致命的打击。在这里,自己再说什么也不管用,总之,学生们没有生还,江森、白井、木岛、花村,还有病痛折磨下的谷杏子……

黑木爬出病床,滚落在铺有漆布的地板上,就像一只受伤的动物,发出巨大的呻吟。

"的确是精神大受打击呀。"目光锐利的男子好像在俯视一件东西似的看着黑木,喃喃自语。他的语调之中有一种颇为满意的韵味。

之后的三天,黑木一直待在那家医院里,进入病房的人只有医生、护士和那个小个子男人。他们对黑木相当怜爱,护士对他说话的口气简直是在教导孩子。

病房里没有报纸和收音机。黑木的体力已经恢复,他提出想去散散步,却未被允许。黑木顺从地接受了,没提出任何抗议。

留下学生们,独自一人逃生的事实折磨着他,他不时会茫然自失地赤脚站在地板上,发现后大为惊讶。

"我的精神的确大受伤害了。"黑木想。

第四天,穿着白大褂的身强力壮的一伙人来接他的时候,黑木也顺从地按他们的指示行事。载着他的汽车驶出私立医院,行走在积雪融化的道路上,开进了树林子里的一幢新的木结构房子里,那幢建筑的窗户都装有铁栅栏。下车时,黑木一翻身试图逃跑,一群白大褂男子们笑着摁住了他。

黑木被带进了一个正方形的房间,窗户开在房间很高的地方。

他已经放弃了一些东西,只是凝视着那个事实:令学生们丧生,只有自己一人生还。

他在思考为什么会导致这样的结局,但终究还是停止了思考。他觉得现实中那些怪异的阴谋,一切都是"黑天使"在作祟,它就是一个奇怪的恶意的象征,让自己无法违抗。

"黑天使……"他喃喃自语,"黑色的天使。"

"你说什么?"看上去好人相的看护人问,"你要什么?"

"黑天使上哪儿去了?"黑木还在嘀咕,"上哪儿了?"

"真可怜,这么年轻,还是个大学毕业生。"看护人说。

黑木只是微微一笑。

3

进入这家医院一周以后,来了一位要求见面的人。

"听说是你的弟弟。照规矩是禁止会面的,但他说特地从东京赶来,我就悄悄让他见你一面,要保密!"

看护人打开房门,把一个青年推进屋来。黑木并不认识他,当然也就谈不上是弟弟。

"你好,哥哥。"

青年微笑着,把手上提着的一只方形盒子放在地板上,

"我给哥哥买了一些你喜欢的白兰瓜。"

高高的窗户里射进了北陆地区冬季少见的阳光,穿过铁栅栏的太阳光照在青年脸上,变成了条纹花样。黑木注视着他的脸。

"那么,请注意别讲得让他过于兴奋……三十分钟后我再来。"看护人说完,很快消失在门外。

"你究竟有什么事?"黑木吃惊地问青年,"我并不认识你,为什么要谎称是我弟弟?"

"真是对不起。"那位青年低头抱歉,态度为之一变。

"其实,我是一定要与您见面谈谈。我向议员提出采访的要求,被断然拒绝了。我琢磨,若称是您的直系亲属或许有用,便趁院长不在时来说服看护人。经过哀求和收买的双管齐下,总算私下里要到三十分钟的见面时间。"

青年的眼睛始终凝视着黑木,揣摩着他的精神状态。

"那好,请坐吧,就坐在床边吧,"黑木对青年说,"我多少陷入了心理动摇的不稳定状态,但并不是精神病患者。我只是受到一时的冲击,神经大受损害而已。现在已经基本上平静下来了,不会对你造成危害的,你就放心坐下吧。"

"是的,谢谢!"青年轻轻点头示意,在床边坐了下来。黑木默默地注视着他的动作,心想,他的年龄约莫二十七八岁吧。

"稍微比我大一点。"他想。

青年在西服里面穿了件灰色的毛织短袖开领衬衫,脚上穿一双鞋底很厚的轻便鞋子。他有点儿偏瘦,浅黑色的皮肤,五官紧凑,给人以一种天不怕地不怕的感觉,目标一旦确定,开始行动就不会再后退。他直视着黑木,开始向他说明自己是何人以及来访的目的。他的口齿伶俐,没有多余的话语。

"我是QW广播局报道部的记者,叫五条昌雄。说起来是个地方上的小单位,不会做什么大事情。主要亲自动手做些以录音为主的节目。"

他又表示,这一次高中生登山队的遇难事件是本地区几年来未见的大新闻。

"我参与第一次报道之后就一直在做这方面的采访,打算制作一个追踪这一事件始末的特别节目,因为最近这个时期,冬季登山遇难已成为了一个社会问题。我们在商量,若节目做得好,可以作为QW广播的参赛作品提交给今年的民间广播节。地方广播局也有自己的情怀嘛。我们不能老在中央广播局的垄断下混日子,所以想拿出一个像样的节目来,才如此认真地对待采访。"

"明白。"黑木微笑着点点头。在地方商业高中教授英语的他,对于中央的一流高中也有着对抗意识,"这么说,对于这次的遇难事件,你在整体上有着详细的把握喽?"

"唉,可以说……"

"那我有一个请求。"

这位名叫五条的报道人员点头应允,示意他说下去。

"我是一月八日在市内的医院苏醒的,在几乎与外人隔绝的情况下过了好几天,然后就被送到这个精神病医院来了。在这期间,既不让我看报纸,也不让我听广播。这是为什么?

究竟是谁要如此保护我？当地群众、校长、同僚和学生家长在怎么议论我？我是单身，亲属有在东京的母亲和弟弟，我的事情又是怎样告知他们的？"

黑木有点儿激动，他站起身来，又意识到自己的兴奋，再次坐了下去。

"据我所知……"五条表情率直地说，"你处在相当为难的境地。媒体的报道尽是对你的非难：无论怎么说，教师也不能让学生们死去，自己一人生还。还有报道说，由于你奇迹般地生还以及全体学生的死亡事件，你深受刺激，一度陷入了神经衰弱的状态，所以，禁止与记者和其他人员会见。而且过了几天后，你的状态并没有恢复，基于担忧你有自杀的可能的判断，才把你送到这个精神病医院来。我们就是被这样告知的。"

黑木抬起头问五条：

"告知者是谁？"

"武早警部。"

"武早警部？他又究竟是谁？"

五条的眼睛突然一亮，紧盯着黑木的脸。

"说是县警察局的人，这一次遇难事件的负责人。"

"……"

"你应该认识他，小个子，目光锐利……"

黑木点点头，就是他！在病房里驱赶记者们，对年轻医生颐指气使地发出种种指令的中年男子。而且，他每天一次跑到这个医院来看情况，是个不可思议的人。准是他！

每一次这个人盯住自己看的时候,黑木都会感到强烈的不安。武早警部……难道他只是以遇难事件负责人的身份在对我进行保护吗?

"那么,五条,你是违反他的指令,前来与我见面的?"

"是的。"

"为什么呢?"

五条点点头,把包袱巾包着的盒子搁在地板上。他扭过头去,看一下房门处,然后把手伸进盒子,拿出一只金属制作的机器。

"这是录音机吧?"

"是啊,这是半导体录音机。对不起,请你使用这个耳机。"

黑木把他递过来的耳塞放进耳朵。

"我放录音了。"五条说着,按下了放音的按钮。录音响起,黑木不由双眉颦蹙。噪声很响,一个叽叽咕咕的男声从身后微微传来。黑木用一只手捂住耳朵,集中注意力倾听耳机中的声音。他边听边想,突然醒悟过来发声。

"这人不就是我吗?"

五条肯定地说:"就是你。是你和武早警部的禁止记录的对话。"

"那你是怎么录下的……"

"对这一次节目的采访,我是赌了一把的。我想把采访做得彻底些。"五条说。他那年轻人的神采奕奕的目光紧盯着黑木。

"在你意识恢复的那天,武早警部将媒体记者赶出病房,我趁着一片混乱,把可以长时间录音的机器和麦克风一起放到了你的床铺下面。"

黑木不吭声地看着五条。五条站起来,热烈地讲起来:"之后托清扫的大妈帮忙取出来。我反复听了好几遍录音,不,应该有几十遍吧。"

"然后呢?"黑木小声嘀咕,"后来又怎样了?"

"录音可以说明两个迥异的事实。但是,事实理应只有一个,只能认为总有一方在撒谎。"

"你认为是哪一方?"

"黑木先生……"五条跪在黑木跟前,紧紧握住他的手臂,话从齿间一字一句地迸出来,"我想知道的就是这一点。"

黑木抬起头看着五条,五条的视线从正面反弹回来。刹那间,黑木觉得,眼前这一位勇猛非凡的青年与自己之间有一股强大的电流交汇了。

"我只是讲述了事实。"

黑木呻吟般地低声嘟囔:"我的确受到了心理的创伤,这种打击来源于自己深爱的学生们,在即将踏上人生征程时的丧生。这些青年再过几个月就要进入社会,作为领队,我是有责任的。我觉得与他们的死相关的还另有原因。我没有撒谎,我亲眼见到了黑天使飞机的坠落,而且,学生们理应安全地躲避在飞机的部分残骸中。在温美我荒原的中心部,一月三日下午,有一架大型美国军用飞机坠落,飞机机体上画有黑色天使的标识。在那架飞机尾翼部分的机体中,我们躲避了两夜,等待天气恢复。我是在五日早晨让学生们继续在机内等候,自己出发请求救助的。这些全都是事实,既非幻觉,也非编造。黑天使一定还在温美我荒原。如若不是,那么我亲眼所见、亲手触摸的东西是什么?嗯?"

沉默在持续。高窗外的阳光荫翳了。五条的嘴唇开始嚅动,发出开裂的声音。

"是一架B52。"

黑木看着他反问:"B52战略轰炸机……"

五条声音沙哑地说:"就是你所见到的黑天使。"他的眼中有一种危险的火焰在燃烧,令观者胆怯。那是愿为一个假说赌上一把的人的眼神。

那一天,地方广播局的报道部成员五条回去时已是下午三点左右。他走后,黑木躺在床上,一直在反复思考五条讲出的大胆的假说。

五条的想法,黑木是可以接受的。但总有一点地方还留有欠缺之感。五条是这样归纳他对此事件的思考的。

Q市郊外建有自卫队航空基地的Q机场。航空自卫队建立这个机场之时,当地发生了强大的反对运动,除了飞机噪声和事故等直接的问题外,肯定还反映了面朝西伯利亚的日本海沿岸的居民们对于战争的不安等敏感问题。

几个月前,发生了B52型战略轰炸机在Q机场着落的事件,以共产党为首的革新团体和市民组织,执着地追究那个问题。他们提出的口号是:别把Q机场当作轰炸越南的基地。

这一口号进一步唤醒了居民们日常的不安,引起极大的反响。那时恰好又是扩建机场跑道购买土地最难获得进展的时刻,市议会发表声明,不支持与Q市美国空军战略基地化相关的机场扩建,市长还对B52实施不做通报就降落的行为表示遗憾,并向自卫队提出了抗议。

航空自卫队发表的见解说明,着落的B52飞机是因为飞行途中突发引擎故障,所以临时降落在最近的Q机场。然而,那一次事件在人们的心中长久留下了不安的阴影。

在悄悄偷录的录音带中,听到黑木的讲述,五条的心中对于问题的焦点就基本有数了,凭着新闻报道部人员直觉,已经得到了灵感。

他的假说是这样的。

——美国空军用B52取代过去的U2型侦察机,不时对西伯利亚上空进行超高空侦察,那一天,遭到苏联方面米格飞机的追击,遭受打击的B52型飞机在Q机场临时紧急降落失败,坠落在H山脉南端的温美我荒原。黑木一行人偶然目击了事故,又迷了路,所以在事故现场躲避。

另一方面,接到B52临时降落联系的美国空军,以Q基地为中心搜寻那架飞机,从空中发现了温美我荒原的坠机现场。四日那天黑木他们听见的引擎声就是搜索飞机发出的。对于美国空军而言,幸运的是,事故发生的当天云层低矮,飞机坠落在冬季完全无人地区的山地,一直没有收到目击飞机坠落者的联络。于是,美国空军便决定神不知鬼不觉地处置B52的坠机事件。日本政府也期望这样做,他们不喜欢在媒体的胡乱报道下,诱发国民的不安,再遭到在野党的追究。他们双方迅速合作,开始实施"黑天使"的回收计划。但是颇具讽刺意味的是,正好在同一时刻,Q商高中登山队遇险的消息被广为报道。"黑天使"的回收机关有必要将温美我荒原的现场孤立封闭起来,必须设法中止白羊山救援队行动。于是,他们就将通往温美我荒原去的唯一道路——猪谷新道的蛇洞隧道炸塌,造成崖壁坍塌的假象。黑木他们听到的那一声沉闷的爆炸声,一定就是他们在爆破。

一月五日夜晚,大规模的回收行动开始了。风停了,黑木在崩塌的隧道入口处晕倒,朦朦胧胧之间听到无数直升机的马达轰鸣。那时,救援队的先遣队已返回速见部落的大本营睡觉了。

当天夜里,在温美我荒原,巨大的美军大型直升机不停地反复穿梭运送,他们投入了所有的技术人员和机械力量,展开了一场奇妙的"黑天使"回收行动。在机体残骸中被发现的高中生们,可以认为被那些人保护在某个地方。通过学生们的讲述,他们掌握了另有一位目击者已去了猪谷新道的信息。于是,他们马上发出指令,通过某人将该教师救出。这位最后的目击者黑木,在意识不清的理想状态下被发现,由某一人将他保护起来。那个人就是县警局的武早警部。他按照美军机关的指令,阻断了黑木与外界的联系,将他作为神经衰弱的患者收容在这家医院里。

他们的行动获得了圆满的成功。当救援队迟到一天赶到温美我荒原的时候,发现那儿已经什么痕迹都没有了,只有一片雪原。地面被抚平,上面撒上了白雪,再上面又有自然的白雪覆盖。

报纸和广播里全然不见美国军用飞机的坠落消息,B52在北陆地区山地坠落的事实,就这样彻底消失了。但是,相信这一事实,试图将这一葬送进黑暗之中的消息再次挖掘出来的人还是有的。自己就是对此事件赌一把的人。所以请你一定要配合我,如果你就是真正目睹"黑天使"坠落的人……

五条这位报道部成员的旺盛的想象力和正确的推论令黑木惊讶,他想与五条合作。要是他的假说与事实相符合,那么,江森和谷杏子他们也许都没有死,有可能正被收容在什么地方。

黑木的心中忽然有东西被唤醒,他站起来长叹一口气。他感到自己的体内充满了紧张感,恰似顶着肆虐的暴风雪在挺进时一样。

"行,试试看吧。"黑木嘀咕着。要再一次把"黑天使"暴露在光天化日之下,能够让那帮家伙为所欲为地操纵一切吗?

通过病房门上的猫眼,一双锐利的眼睛正注视着他,可黑木却毫无察觉。

4

一月末的一个深夜,黑木贡从医院逃跑了。

他叫来看护人,谎称肚子疼,突然将他推倒后,从走廊的窗口跳出。这个计划是事先与QW广播局的五条商量好的计划。在国道边,五条的小轿车正在等候。

黑木蹿进车子,五条立即开动了小车。

五条昌雄的家在Q市边缘处一个新村的四楼。他俩把汽车停在远处,上楼到了五条家。

五条按下门铃,金属的房门打开了,一位没有化妆的素颜年轻女子出现了。

"回来啦?很晚嘛。"

她抬头看着五条,又看看黑木,小声说道:"请进。"

"我老婆。"五条介绍说。黑木点头致意:"给您添麻烦了。"

"哪里。"她摇摇头,但是黑木注意到,她的表情中掠过一丝不安的神色。

当天晚上,黑木睡在五条夫妇隔壁的房间里。他没有合眼,直到清晨一直在做各种思考,还无意识地听到了隔壁五条妻子的小声嘟囔。

"我请他来配合我的工作,"五条压低嗓门说,"就算你反对,这件事我也一定要做。作为一个新闻报道员,我要对他说的事赌一把。"

"那只是你的自我满足而已。已经过去的事件,再去翻案有什么意义?再说,就是你做出了节目,局里是否肯播放也是个问题。"

"播不播不是问题。"

"所以我说你是在自我满足呀。"

"小声点,隔壁听得见。"

"到五月,你的孩子就要出生了……"

黑木想,那个谷杏子要是结了婚,是否也会那样指责自己的丈夫呢。或许从医院逃走使神经过于疲惫,一不留神眼泪夺眶而出。清晨时分,迷迷糊糊之中,他梦见自己与江森走在大雪中。

五条说,希望你在家里待上一段时间。

"我在工作之余抽空进行调查。请你把自己记得的情况详细写下来。"

"好的,"黑木回答,"这个计划,你已经和局里说过了吗?"

"还没有,搞得不好,有可能半途而废。"

"要是完成了,也有可能不播吧?"

"那就作为资料保存。只要传达出真实,总有一天会见到阳光的。"

"言之有理……"

黑木觉得自己好像从这位地方广播局的报道员的想法中看到了一种媒体人的觉悟。

与局里的工作并行,五条执着地进行着自己的采访。他一回家,就把当天的调查结果告诉黑木,然后再研究黑木写下的提纲,从而决定下一个采访目标。

五条的调查,对于下列事实,已开始逐步有了确认。

①一月四日夜晚八点二十分左右,速见部落的乡民们在猪谷新道蛇洞隧道方向听到了沉闷的爆炸声。有一位部落青年曾在黑部水库工地工作过,他向自己的家属说,那就是爆破时的声音。

②当天夜晚,营林署的职员K先生去Q市的运动器具店预订滑雪靴,回家时与像是自卫队的吉普车迎面错过,时间是零点过后。那两辆吉普车沿着Q市连接速见部落的公路,车速极快地开下去。事后打听,速见部落的乡民都说,没有那种吉普车来过部落。

③一月五日夜间,Q飞机场附近的居民被直升机的马达轰鸣声折腾了一夜,大概从未见过的巨大的直升机一架接一架地起降,深夜的机场就像战场那样喧嚣。

④一月四日和五日两天,由羽田至Q市之间的全日空航班全部停航,全日空营业所的解释是上空的气象条件恶劣。这条航线由羽田机场经名古屋上空飞往Q市,航线要飞过温美我荒原的西部。

⑤黑木供职的Q商高中与他的父兄联系说,由于神经衰弱,黑木正在长期疗养之中。学校还流传着黑木企图自杀的小道消息。

⑥由于蛇洞隧道悬崖崩塌无法通过,改走夏季道路去温美我荒原的方案,一开始由武早警部下令不予同意,理由是因为雪崩可能造成二次伤害。然而,第二天突然又获得了许可。当天夜晚有五十厘米以上的降雪,而且降雪还在持续。一位人士判断,温美我荒原机体回收现场的痕迹会被大雪完全覆

盖隐蔽。那位武早警部自始至终对救援活动行使了前所未有的强力控制，据说引起山岳会所有成员的强烈不满。

"我的假说一步一步得到了证明啊。"

五条目光炯炯地说。他的脸颊逐渐消瘦，眼眶下陷，整个表情活像饥饿的猎犬那样日益严峻。五条的妻子害怕地看着自己的丈夫，对她而言，黑木是引诱丈夫进行危险赌博的坏朋友。黑木整天宅在窗户紧闭的四铺席半的房间里，不停地在大开本的记事本上记录着他与学生们的共同体验。他的头脑之中，一种只靠五条推论仍然无法消解的莫名其妙的疑惑正抬起头来。

来到五条所住的公寓一周以后的一个下午，他从窗口看见路上有个男子，那人就是自己在精神病院逃跑时推倒的那个看护人。他在留有残雪的公团公寓旁的路边，若无其事地一边张望一边漫步。黑木越过花边窗帘注视着他的行动。看护人在那儿徘徊了一阵，不久就回去了。

"看来我已经没法在这儿待下去了。"黑木心想，"将逃跑的神经衰弱的患者带回医院是他们正当的权利，无论我怎么抗议，也不会得到任何人的帮助。况且，我还是使用了暴力逃出医院的。对于凶暴的患者，无论如何对待，皆是他们的自由。"

当天，五条深夜才回家。他显得十分焦虑，看上去也相当疲惫。

"发生什么事了?"黑木问。

五条沉默,过了一会儿,他对黑木说,他的妻子有事外出了。

"局里的领导开始施加压力了。我一直在追查那个事件的情况,他们渐渐明白了。"

"他们让你怎么办?"

"这个嘛,可以任凭你想象。"

五条的手掌撑住脑袋,长叹一口气:"这件事随它去吧……"

"有什么其他的妨碍吗?"

"县警察局好像在调查我的前科。"

"前科?"

"是的。"

黑木缄默了,自己不该那么问。

"学生时代,我有过各种经历。让公司知道的话会有麻烦。说是一个广播局,毕竟还是个私人的公司,若是伪造经历,敲掉饭碗是不用商量的。他们一直在寻找漏洞,找到修理我的机会呀。"

"是武早警部吧?"

"是吧。"

这时,五条的妻子回家了。她从袋子里取出开始编织的婴儿毛线衣,口气忧郁地说道:"刚才我到二楼的水尾夫人家去了,她说,橡皮的奶嘴还是不行。再有,幼儿用小床的弹簧……"

"真是啰唆！我们正在谈重要的事情，这种事以后再说。"

夫人微微张着嘴凝视着丈夫。她把婴儿衣服放在膝盖上，突然双手捂住脸呜呜地哭起来。

"我应该离开这个家了。"黑木想，自己没有搅乱他俩生活的权利，"可是，我该上哪儿去呢？"

黑木头脑不为人知的黑暗之处，一种映像悄悄浮现：灰暗、低沉的天空，到处是积雪覆盖的起伏山地，围住四周的贫瘠的山梁，坠入深谷的陡坡。

"温美我荒原……"他呻吟道。

在高低起伏的雪原中，几张脸庞浮现出来，江森、白井、木岛、花村，还有谷杏子。

他们都无言地注视着黑木，仿佛有话倾诉，他们的眼睛似乎在邀请黑木。突然，学生们的脸庞消失了，接着，他看到了黑色怪鱼鳍那样的巨大的尾翼和折断的机体残骸，那后面就是肌肤黢黑的不祥的天使，他正咧着嘴微笑呢。

"我该去的地方，就是那儿。"

黑木感到一股电流通过了全身。

这时，他忽然看见了什么，头脑之中迄今为止朦胧笼罩的迷雾，仿佛被切开一般翻卷到一边，某种东西浮现出来。他觉得自己首次懂了，那是五条锐利的想象力都无法捕捉到的某种秘密……他觉得自己的确看到了让江森和谷杏子他们消失，囚禁自己，威胁五条一家的生活，操控武早警部的幕后人物的真面目，对于迄今为止发生的一切，他都可以用事实证明自己的直觉,可以揭露事件的实质。面对黑天使的令人恐惧的微笑,这时,他已经肯定可以从正面发起挑战了。

"我必须去温美我荒原,"黑幕在心中念叨,"我的战斗将从现在开始!要是我的直觉是正确的,那我就是一个人在向难以想象的巨大的怪物挑战,那就是我对黑天使的复仇!"

"五条,"黑木平静地说,"谢谢你的多方照顾。明天,我决定离开这儿。"

五条低着头,紧咬着嘴唇。黑木继续说。

"你对即将出生的孩子,对你的夫人持有义务。这一事件并不只是一个报道员的工作。之后的事儿,由我接力继续。这一次要由我出场了。"

"离开这儿,你上哪儿去?"

"去温美我荒原看看。"

"去温美我荒原……"

"是的。"

"去干啥?"

"在你假说的基础上,我还要再加上一个假说。我必须去温美我荒原确认。"

"确认之后,你打算怎么办?"

"五条呀,你在什么地方看到过这样的句子吗?"

瞬间,黑木低声念叨起来,那语调充满了激愤的情感,让五条心惊胆战。

"申冤在我,我必报应……"

5

黑木贡拨开齐腰深的积雪,在夏季道路上攀登。呼啸的北风一直刮到早晨,此刻难以置信地恢复了平静。有时阴云吹散,露出美丽的蓝天,它那冰冷的肌肤熠熠生辉。寒气凛冽,不过,不必担心雪崩。

黑木不慌不忙地攀登着,背上的双肩包的一部分,呈方形凸出。他小心地保护着它,就像拿着一件贵重的物品,还不时边走边用手指触摸它。

接近正午,他穿过了夏季道路,到达了温美我荒原的北端,那是一个地势稍高的丘陵地,长着稀稀拉拉的山毛榉林。伫立在丘陵上,他长时间地俯视着温美我荒原。

在阳光的沐浴下,皑皑白雪的反射使温美我荒原呈现出极其美艳的景观,视野无垠的开阔,左侧的白羊山平缓地矗立,右侧连接猪谷新道的灌木林黑黝黝的,东面的斜陡坡连接着正面的谷地,今天倒是让人感觉比较柔和。

黑木的眼神凝聚在温美我荒原的中心部,那儿只有一点稍稍的起伏,清一色洁白的雪原向四下里伸展。那一天,登山小分队看到的黑天使的残骸全然不见了踪影,那个巨大零乱的机体残骸,对于黑木自身而言,想来也像子虚乌有的谎言。

"然而,那个事件绝非幻影,我现在就来证明给你们看!"

他的手绕到身后的双肩背囊上,摸一下那个凸出的方形物,那是他向大学时代的朋友津川借来的。津川是自己山岳会的同伴,现在留在母校的物理学研究所工作。

几天前,离开五条的家,他造访了在 Q 市附近港町做生意的学生。那个青年准备好了老师提出的借款,什么也不说,用客货两用车将他送到了 Q 机场。

"我觉得上一次的遇难事件并不是老师不好,"那个学生说,"在那种极限状况下,意志比体力强健的人才能生存下来。老师是靠自己的坚忍才得救的,而其他人却在中途失败了。就那点区别,凭什么老师一定要陪着他们去死呢？我对那些说老师坏话的人就这么说的!"

黑木默默地低下头,辞别了学生。他不想为学生那善意的误解去争辩。与其向众人表白,他觉得证明事实的存在更应该优先。

那一天,黑木搭乘了全日空的航班从 Q 机场飞到羽田机场,来到大学的物理学研究所,想见朋友津川。这次来东京的目的,就是向津川借一个器材。

Q 机场是航空自卫队的喷气机基地。两台螺旋桨发动机的民用航空飞机耸肩缩背地在跑道上滑行后起飞;在日本海上空向南折飞,提升高度。飞机跃出笼罩大地的阴云云层,视野一下子开阔了。

晴朗的阳光洒在云海上,纯白的山顶在银灰色的云海上晶莹闪耀,那就是白山,它的南面可以看到大日岳的山脊。温美我荒原隐匿在云层之下,左前方是御岳,接着就是乘鞍。枪立山的群峰也是白光荧荧。

螺旋桨飞机宛如在空中静止了,云海上的明亮和静谧,使黑木觉得自己像在幻觉之中。在这和平的苍穹之下,难道真的有温美我荒原,有残暴的暴风雪和那些机构、组织的阴谋存在吗?

一到羽田,黑木马上就去了津川的研究所。津川说,直到现在,他每天都在实验室待到晚上十点过后。

津川看到黑木,一副很惊讶的样子。

"你不是病了吗?我……"他话到嘴边又停下了,"我听说你患了神经衰弱住院了。"

"没问题,已经完全康复了。"

"不过,容貌还是变了。过去的你,可是个更显公子哥儿神采的家伙哟。"

"我来是有事与你商量,"黑木说,"想问你借点奇妙的东西,能满足我吧。"

"只要我能做到的都行。"津川微笑着拍拍黑木的肩头。

黑木简单地说明了来意,关于所借物品的用途,必须做适当的欺瞒。为了不让津川卷入这一事件,他还是什么都不知道为好。对于黑木的请求,津川的表情显得奇异。

"那玩意儿派啥用场?"

"没什么大不了的事儿。"

"莫非你不想做老师,要去当个采矿师?"

"嘿,就是嘛。"

津川频频摇头左思右想不得其解,不过,他还是答应出借。

"明天上午请再来一次,我会把东西准备好。"

"抱歉,感恩不尽。"

翌日,津川在研究所把东西交给了黑木。

"别再去登山了。"告别时津川紧盯着黑木的眼睛说道。

"明白。"黑木回答,他点点头,摆脱了对方紧逼的视线。

黑木把东西装进手提旅行包,朝东京站走去。他买了由米原绕行的北陆线,坐在"回响"号新干线的座椅上,服下一粒安眠药,闭上了眼睛。他需要充分的睡眠,从而调整好身体状况。他抱着装有从津川那儿借来器材的手提旅行包开始睡觉。旅行包里装着一只灰色的方形金属盒和一根细长的棍棒,这是证明他假说的必备品。

昨天,他再次回到了 Q 市,带着在东京硬是向朋友借来的方形金属盒下了列车。他又一次见到五条,借了一套登山装备,出发去温美我荒原。

五条不听劝告,坚持要送他到半途。

"请允许我送到速见部落,"他说,"明天起我打算成为一头圈养待宰的羊。我已向采编局长报告了中止采访这一事件的想法。局长向我出示了武早警部提交的调查书,对我说,今后不准再惹麻烦,别忘了我手边有这份你的调查报告。"

这时,黑木想起了第一次来精神病院病房造访时的五条。当时他的眼神是那么地神采奕奕,如今,站在自己面前的青年脊背有点驼,已经完全变了模样。不久,他就要当父亲了,他要关注可爱的妻儿,吸取报道中的特讯和要闻,还得将自家的轻型汽车换成排气量 1000CC 以上的汽车啊。搞得好的话,五年以后他或许能享受地方广播局的科长待遇。然而,黑木却完全没有指责他的心情。

他想：只有自己已经失去了回归正常生活的机遇了。

在速见部落告别时，五条问道："请你告诉我，你在我的假说的基础上，究竟又加了什么新的假说？"

"这不能告诉你，"黑木回答，"一告诉你，你就会忘掉夫人，又想去搞引起麻烦的事了。"

黑木想，如今看来，不告诉他是对的。若是对他说了，五条必定会强迫黑木同意他一起去温美我荒原的。

黑木站在温美我荒原的北端，沉浸在各种回忆之中。虽然从时间上讲还不到十五分钟，但这些短暂的回忆却让他看到许多眼睛看不到的东西。

好像瞅准了这点空隙，天气又发生了骤变。黑木发现刚才还阳光灿烂的白羊山顶已经乌云密布，东面的斜坡已经开始露出了阴暗可怕的绝壁相。脚下西北风刚一刮过，立刻就是一片大雪降落，洁白的雪雾朝白羊山的地表扑去。

"糟糕！"黑木一咋舌，随后一下子背起双肩包，奋力朝温美我荒原的中心部冲去，到达那儿有一点五公里多的距离。

"不能遭遇两次同样的失败！"他告诉自己。但是，天气的变化极快，已到达异常的程度。大风不是从一个方向，而是前后左右同时强劲地吹来。

细雪横行，雪烟从脚下腾起，裹住身体。视线被阻，温美我荒原与一小时之前相比已经迥然不同。

"应该后退，天气马上还要大变。"

黑木沿着刚才的足迹,朝夏季道路方向折返,回到先前到达的山毛榉林处,他不由得叹了口气。

一小时后,黑木再次后退,在靠近夏季道路的岩荫处挖了个雪洞,猫坐在里面。外面已是暴风雪大作,黑木在雪洞中一动不动地坐着,宛如一只冬眠的动物。

当天晚上,黑木想起了学生们互相搂抱着睡在黑天使残骸机体中的情形。不停呻吟的谷杏子,裹着降落伞熟睡的白井,用耳塞听收音机广播的江森,大个子花村和小个子木岛。

"那时候,我可不是单独一人。"他想。然而,"自打看到那黑天使的标识后,便感到一切都在朝坏的地方陷落。"

黑木打开双肩背囊,拿出一本厚厚的大型笔记本,那是住在五条家公寓时写下的记录。接着,他又铺好一张塑料纸,从背囊中取出沉重的金属盒,那盒子大小像老式的便携式录音机,盒子外面用白色的涂料写着"T大学物理学研究所"。

放妥这两样东西后,黑木放心地在雪洞中躺下,他太想睡觉,这也难怪,昨夜几乎一宿未眠。这一段时间,连续的睡眠不足,使他觉得,该睡的时候就要睡。

他做了个梦,黑木与武早警部二人在广播局的走廊里交谈。

"我调查了你过去的履历,"武早警部说,"你不老实的话,我或许会向学校报告的。"

"我也调查了你过去的履历,你再行为不轨,我可不会轻易放过你!"

"你说我做过什么?"

"你是黑天使的帮凶,即使隐瞒,人家还是知道的。"

"黑天使?你知道它的真面目吗?"

"没错,总算知道了。"

"讲出来听听。"

"等到我确认之后,若能确凿证明,我会把资料交给一个人,他会提交给国会的某个委员会的。"

武早摊开双手,抓住黑木的脖子使劲掐紧。

"你杀死我,我也不会放弃,怎么可能放弃!"

这时黑木惊醒了。他起身到外面看了看,风雪还在往雪洞里钻。黑木想,这风雪会持续到夜里,温美我荒原的暴风雪狂暴肆虐,好似怀着恶意,在故意阻碍自己的闯入。

这一天,暴风雪最终没有停歇,看着凶暴的狂风和大雪,黑木感受到了黑天使挑衅自己的企图。

"来啊,就这点儿风雪,下决心出来吧!"他好像听到暴风雪在那样嚎叫。

一种强烈的冲动在黑木体内燃烧,一想到外面的情况,他便努力打消那种冲动。但是,最终还是不成。

黑木站起来,将笔记本装进双肩背囊,然后在行李的最上方放好从东京借来的金属盒,再盖上塑料布。

时间已经是晚上八点。黑木系紧鞋带,背上背囊,朝暴风雪的正中跑出去。沉重的狂风迎面砸来,白色的雪烟好似刀刃乱舞,他走过山毛榉林,朝温美我荒原方向迈出第一步,朝着黑天使坠落的荒原中心部冲去。他一次又一次地隔着背囊确认里面装着的金属盒,与暴风雪顽强搏斗着前进。

"应该就在这一带。"

暴风雪中,他放下了背囊。拿下塑料布,取出了金属盒。这个金属盒上有一根细长的皮带,黑木将皮带搭在右肩上,左手握住盒子的附件金属棒,插入四周的雪地。黑木顽强地作业,背着背囊稍作移动,又一遍遍重复刚才的动作。

在漫天的风雪中,黑木像被勾了魂似的转悠,一会儿被狂风刮倒在地,一会儿又掉进雪坑里。飞雪夺走了他的视线,他仍不死心。就在他不知不觉之中,已经接近了危险的东侧陡坡。

一脚踩空,黑木觉得身体在暴风雪中飘浮起来,接着是强劲的一击,他的脑袋砸进了雪中。

"糟了!跑到东面的陡坡处来了。"

刹那间,黑木如此意识到。想起身,才发现左侧的锁骨已经骨折,还扭伤了右脚踝。

"混蛋,我就这样完了!"

他倒下时紧紧攥着金属盒及金属棒,背囊不知飞到哪儿去了,无法找到,刚才不该提在手上的。现在,留给黑木的只有受伤的身体和金属盒棒。

他忍着疼痛站起来,慎重地挪动身体来到灌木丛的斜坡,脚踝扭伤无法自由行走,身上到处吱嘎作响,狂风暴雪丝毫不见减弱。

"这个黑天使混蛋!"他在默默念叨,"你,在哪儿呀?"

黑木在四周的雪地上插入金属棒,好不容易才走出东侧陡坡,然后,咬紧牙关再次向温美我荒原的中心部行进,不一会儿,他的身体冻得僵硬了,眼睛深处出现了小红球似的斑点,只要有强风刮来,就会被轻而易举地吹倒。

"身体要扛不住了,"他想,"唯有意识尚属清醒。"

倒下,再起,黑木仍在前行。

"黑天使究竟在何处?在哪儿呀?"

涡状的旋风突然袭击了黑木,他毫无抵抗地被砸倒在雪地里,倒地时后脑勺受到重击,一瞬间几乎失去了知觉。

倒在雪地上,愤怒和绝望使他浑身颤抖起来。

"难道我就这样无法确认它就死去吗?"

就在这时,黑木贡好像头脑的某个角落听到了一种轻轻的铝盆底部的敲击声。他侧耳静听,可这一次听到的却是风声。过了一会儿,再次听到了敲击声,他忘记了疼痛一跃而起,眼前就是那只金属盒和那根金属棒,是金属盒里发出了声响,连续不断的枯燥音,这一回听得真真切切。比暴风雪更加激烈的东西刮过他的心头,他捧起响个不停的金属盒,用力将那根细细的金属棒插入周边的雪地中。盒子里发出更响亮的叫声。

"就是它,这声音就是!"

黑木觉得他终于看清了黑天使的真面目,那架黑色的B52战略轰炸机上载有的就是这玩意儿。为了不暴露它的真相,美军才在温美我荒原展开了那场大规模的行动呢。载有那东西的黑天使常常会在日本列岛和西伯利亚大陆上空飞行,必须把见不得人的阴谋封闭在黑暗之中。但是,他们失败了。哪怕回收了一切,总还有回收不尽的东西留下了。那就是黑天使的血迹,那无法灭迹的放射能,使得测算放射能的盖革计数器叫个不停。它就是会使地上的一切变成永远的墓地的"死亡之核"的悸动。金属盒在暴风雪中持续不停地鸣响,以显示放射能的强度。

"我逮住了你。我搞清了那架黑天使载着什么在这儿坠落。从现在起,我将开始真正的复仇!我将唤醒业已消失的事实。既是为江森、为木岛、为白井、为花村,也为了谷杏子和我自己。还要为五条和他即将诞生的孩子……"

黑木在意识的深处自言自语,突然膝盖一软跪在雪地里,然后,像电影慢镜头那样缓缓地俯卧下去,就这样,他一动不动了。

"太瞌睡了……"他在嘀咕,随后,嘴唇紧闭。

忽然,大风静止了。湿湿的大雪垂直地落在黑木的身上。夜间的温美我荒原死一般的静谧。只有黑木手臂上的盖革计数器在雪原上恐怖地鸣叫。